BRUNO ENSSLEN

Grad zom Bossa

1. Auflage 2006

Umschlaggestaltung: Bruno Ensslen
Layout und Satz: Bruno Ensslen
Druck: Grammlich, Pliezhausen.
Printed in Germany.

ISBN-10: 3-87407-709-8
Ab 2007 ISBN-13: 978-3-87407-709-5

Grad zom Bossa

Schwäbisches – zemagloubt, vrdichtet ond gmolt von

BRUNO ENSSLEN

Silberburg-Verlag

Fir dui Oina

Aus dr Schublad

»Warom?«, frogt mi mei praktischs Weib,
weil i do hanna hock ond schreib.
»Warom schreibsch denn a Buach, o Mo,
wenn mrs em Lada kaufa ko?«
Warom schreibt mr a Buach, a schwäbischs?
S gibt doch scho gnuag, äll Dag erleb ichs.
Damit du neigucksch, dich erquicksch,
grad wega dem, zu weiter nix.
Ond no, weil was mr schreibt, des bleibt;
Weil, wenn mrs en Kamee neischreibt
ond drieber kommt da Ruaß, dr schwarz,
ischs ganz Geschreibsel grad fir d Katz.
In diesem Buach stoht dies und jenes,
Erbauliches ond wenger Scheenes.
S isch onderschiedlich, jo, i wett,
de oina gfellts, de andre net.
der oi isch des Humors nicht mächtig,
am andra gfellts gar donderschlechtig.

Am beschta ischs, du suachsch dr halt
des zamma, was dr selber gfallt.
Onds gibt au Schwoba, jo i woiß,
dia kennet außrem Sparbuach kois.
En maira Schublad onda donda
han i noh a baar Zettel gfonda
zwischa Gragagnepf ond Negel,
was halt so ofellt en dr Regel,
was mr vielleicht no braucha ko.
Jetzt mol ond schreib es halt so no.
Manchs han e selber gseh beim Gucka
uff d Schwobaleit ond ihre Mucka.
Manchs han e ghehrt onder de Leit
ond no so langsam mit dr Zeit
»vrdichtet«, dengelt zom a Vers,
bis sichs halt greimt hot – so des wärs.
S stoht allerhand in diesem Schreiba.
Jetz guck halt nai, wenn net, leschs bleiba.

Betriebsanleitung zur schwäbischen Mundart

Anstatt eines üblichen Vorworts ist es zweckmäßiger, dem verehrten Leser eine unterstützende Anleitung im Umgang mit uns Schwaben und unserer Sprach- und Lebensweise mitzugeben.

Also, erscht mol: Mir Schwoba nemmet ons net so wichtig – wia mr send. Drbei kenna mir fascht älles – außer ...

Und somit ist Hochdeutsch für uns eine Fremdsprache. Mit dieser Fremdsprache tun wir uns, zugegeben, etwas schwer. Eigentlich mit Sprachen und dem Sprechen überhaupt. Mir fremdlat hald a bissle. Oft zögern wir mit einer Aussage so lange, bis sie sich erübrigt hat. Gelegentlich trifft man noch auf die irrige Meinung, Schwäbisch sei ein Dialekt; nein, Schwäbisch ist eigentlich mehr ein artikuliertes Schweigen, im höchsten Fall die komprimierte Essenz einer Erwiderung oder Aussage. Im Verlauf einer schwäbischen Unterhaltung genügen dem Schwaben in der Regel zwei bis drei Worte und er urteilt dann über seinen Gesprächswidersacher: »Mit dem kooscht schwätza.« Ist es mehr als ein ganzer Satz, so meint er: »Dem gooht d Gosch wia a Bachschdelzafiedle.«

Wenn ein nichtschwäbischer Mensch Erstaunen, Teilnahme und Aufmerksamkeit am Gespräch bekundet mit »Aha, was Sie nicht sagen« oder »Ach du liebe Zeit« und so weiter, genügt uns Schwaben meist ein: »Ha no!« oder »Oha!«. Das geschwiegene Wort ist eigentlich unsere schwäbische Mundart.

Wir Schwaben unterscheiden die verschiedenen, menschlichen Charaktere sehr präzise und trennen sie feinfühlig, aber kategorisch in zwei Klassen: Schwaben und Nichtschwaben.

Wir, die Schwaben, verhalten uns Nichtschwaben gegenüber etwas zurückhaltend. Das wird uns oft als mangelndes Selbstbewusstsein oder gar als Minderwertigkeitskomplex ausgelegt. Nun ist das Fatale am Minderwertigkeitskomplex, dass immer die falschen Leute ihn haben (sagt Tati).

Also nein, nicht beim Schwaben. Weit gefehlt. Hier handelt es sich vielmehr um einen gewissen Sicherheitsabstand, eine Pufferzone, sozusagen ein neutrales Territorium zwischen ihm und dem Anderen, das erst mit Mühe und Vertrauen aufwändig, sensibel überwunden werden muss – vom Anderen.

Ja, wir Schwaben sind sensibel, das mag vielleicht im Widerspruch zu unserer oftmals irrtümlich als derb empfundenen Ausdrucksweise stehen.

»Guten Tag, der Herr. Meine Uhr ist stehen geblieben. Könnten Sie mir freundlicherweise sagen, wie spät es ist?«

»Joo – «

»Nun, wie spät ist es denn?«

»Kommt druff o.«

»Auf was denn, ich muss den Zwölfuhrzug noch erreichen!«

»Wo noh?«

»Spielt doch keine Rolle. Zu meiner Schwester nach Burladingen.«

»Direkt?«

»Nein, in ein kleines Dorf, etwa zehn Kilometer entfernt.«

»Oha!«

»Was ist denn, kennen Sie das Dorf?«

»Noi!«

»Warum dann: oha?«

»Weit zom laufa.«

»Warum denn laufen? Ich will doch fahren, mit dem Zwölfuhrzug.«

»Isch z schbäd.«

»Um Gottes willen, wann fährt denn der Nächste?«

»Isch z bald.«

»Was heißt denn ›bald‹? Fährt er bald?«

»Noi.«

»Ja, wann fährt er denn?«

»Schbäder.«

»Später, später, wie spät?«

»Wenn Se schbäder frogat, fehrt r belder.«

Man kann uns Schwaben alle möglichen Macken nachsagen, nicht aber Beredsamkeit. Selbst unsere eigenen Mitschwaben sind uns äußerst suspekt, wenn sie der Sprache zu mächtig sind und womöglich noch eine heehere Bildong erlitta hent. Das Anpacken ist uns wichtiger als das Reden.

Zu den Mitarbeitern eines zur damaligen Zeit noch typisch schwäbischen Großunternehmens gehörte das exotische Exemplar eines Schwaben, dem das Mundwerk leichter von der Hand ging als das Handwerk selbst; der seine verkümmerten schwäbischen Arbeitstugenden überheblich-prahlerisch wettmachen wollte mit dem vollmundigen Spruch:

»Halt dei Gosch, i schaff beim Bosch!«

Solche Maulhelden sind bei uns – und auch beim Bosch – wenig geschätzt, und ihm wurde gekündigt. Darauf ein zurückhaltenderer Kollege zu ihm:

»Hettsch dei Gosch ghalda, noh hett de dr Bosch bhalda.«

Ja, s gibt halt sodde ond sodde, abrs sott mai sodde wia sodde gä. Mir Schwoba schwätzet et gern, mir machats halt. Vielleicht mit einer kleinen Ausnahme: Mir bruddlet gern. Ja, das »Bruddeln« ist eine national-schwäbische Spezialität der Mundart. Da können wir schon mal ein paar Worte mehr investieren, als es die Regel vorschreibt.

Wo andere nörgeln, meckern vielleicht, quengeln oder kritisieren; mir Schwoba bruddlet, do semmer oiga. Der Weltmeister im Sparen, im Bruddeln ist er äußerst spendabel.

Das Lob, das er sich am Mund abspart, wirft er mit vollen Backen als Gebruddel wieder raus.

Ich glaube wir bruddeln nur so gerne, damit wir nicht loben müssen. Denn, nichts fällt uns Schwaben so schwer wie das Loben: »Net bruddelt, ischt globt gnuag.« »Wenn der wär, wia r sei sott, no kennt mr en schiergar loba.«

Eine gute Sache kennt besser sei und wird für uns Schwaben erst durch Bruddeln perfekt, sonst ist sie nicht so, wia se sei sott.

S Leba fraid oin oifach meh, wenn mr bruddla koo ond et loba muaß.

Fragt man den Schwaben, wie es ihm geht, sagt er garantiert: »I bee net ozfrieda.« Bloß, damit er nicht sagen muss: »I bee zfrieda.« Mr kennt jo sonscht womeeglich denka, ihm geengs guat – ond guat wär iberdrieba.

Nein. Übertreiben kennen und können wir nicht.

»Frieder, i han ghehrt, du wärescht so arg krank gwää.«

»Arg isch ibertrieba.«

»Aber jetzt gohts dr wieder guat?«

»Guat et, aber besser.«

»No isch guat, wenns dr besser goht.«

»Aber s wär besser, wenn mers guat ging.«

Liabr a reichs Beierle wia en arma Bauer. Der Schwabe stellt sein Licht gern unter den Scheffel, aber wehe, wenns noh z donkl isch.

Dr Schwob isch et reich, noi, er hot ebbes, er hot et wenig. Er isch et gscheit. Noi, er isch et domm. Alle Prädikate werden mit einem gewissen demütigen Stolz präsentiert. Er isch scho gern ebber, aber helenga. Und dementsprechend begegnet er auch jedem Großsprechertum anderer Nationen, wie zum Beispiel dem der Berliner.

Ein solcher schaut interessiert bei einer Langholz-Abfuhr im Schwarzwald zu und hilft reichlich mit seinen unerwünschten Ratschlägen:

»Ik würd die jleich in kurze Stücke zerseejen. Zu watt brauchen Se denn so lange Dinger?«

»Do draus macha mir Zohstochr fird Berliner.«

Wenn man uns genügend Zeit lässt, sind wir sogar schlagfertig.

Wir haben es nicht gern, wenn man nicht merkt, dass mir blitzgscheit send. Ond doch will mr sichs halt et so omerka lao. Unsere Worte sind kurz, die Sätze noch kürzer, aber ihr Sinn konkret und anschaulich und er trifft, mit dem entsprechend großen, verbalen Hammer den dicken Nagel auf den Kopf.

Wenn ein Nichtschwabe beispielsweise einen nicht besonders sympathischen Zeitgenossen, dessen Charakterzüge sich in seiner Physiognomie äußern, ein »Arschgesicht« nennt, so sagt der Schwabe stattdessen in seiner treffenden, bildhaften Mundart: »So a Gsicht gheert en d Hoos.«

Dr Hegel, dr Schiller, dr Schelling, dr Mörike, dr Uhland, dr Hauff, en Haufa Dichter ond Denker, auf die wir stolz sein könnten (wenn es denn das Wort Stolz in unserer Mundart gäbe). Jo, scho, s muaß au sotte gäa. Sie gehören zu unserer wortreichen, etwas entfernteren Verwandtschaft und wir kommen nur bei ganz besonderen Anlässen zusammen.

»Saget Se, Frau Häfale, Sie kennen doch den bekannta Dichter Herman Diez do en Ihra Nochberschaft. Hat der denn noch einen Nebenberuf oder dichtet er ausschließlich?«

»Ha, soviel i woiß, hot der no nia nex gschafft.«

Da haben wirs wieder: Das Schaffa hat Vorrang vor dem Wortschöpfen. Ich bin überzeugt, dass die sparsam praktizierte Anwendung seiner Sprache den Schwaben oft vor manchem Missverständnis und dadurch Missgeschick bewahrt hat.

»Reden ist Silber, Schweigen ist Gold« heißt auf Schwäbisch: »Liabr s Maul halta, wia s Maul verreißa.« Weil: En entlassena Furz kosch nemme zricknemma.

Und gerade deshalb finde ich es so reizvoll, dem Schwaben aufs (vorwiegend zum veschpra geöffnete) Maul zu schauen.

Schaun mer mal! = Mol gucka!

Sprachübungen

»Können Sie mir vielleicht sagen, wie ich zum Kreiskrankenhaus komme? Sie sind doch sicher von hier?«

»Joo, do nous, do naa, no nomm, dieba nuff, selt danna niebr, do hieba rom ond schau send Se druff doba.«

»Entschuldigung, ich habe kein Wort verstanden.«

»No gangat Se hald grad do hanna iberd Hauptschtroß, warta, bisd Ambl rot zoigt, no werdet Se gfahra.«

Lupfs nuff, no isch doba.
Lass naa, no isch donda.
Bäbbs noo, no isch danna.
Hols raa, no isch honda.
Schmeiß nomm, no isch dieba.
Brengs rom, no isch hieba.
Duas rei, no isch henna.
Schiabs nei, no isch denna.
Ziags rous, no isch hussa.
Haos nous, no isch dussa.

Ennadenna dubbedenna,
dubbadauba Nussa.
Dubbadenna Habersupp,
on du bisch dussa.

Wer schbrengt, der läuft.
Wer läuft, der goht.
Wer springt, der hopft.
Wer lupft, der hebt.
Wer hebt, der lesst net fahra.

Sennd dieba d Henna henna?
Noi, dia send do domma domma.

Wenn des Kend kenna kennt,
däts Kend kenna kenna.

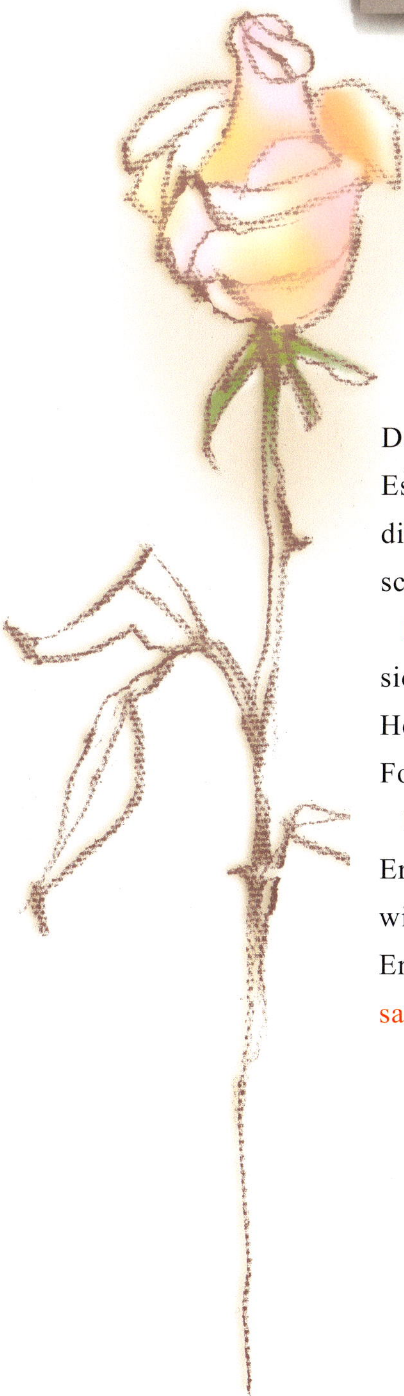

Das Weib des Schwaben ist kein Weib, sondern: sai Weib. Es ist die zärtlichste und anerkennendste Formulierung, die er sich vorstellen kann. Ja, es ist genau genommen schon eine Liebeserklärung.

Mai Frau dagegen schon Fremdsprache – oder der Ansatz, sich über sie zu beklagen. Des Weib dagegen lässt auf Herablassung schließen und ist bereits die gemäßigte Form von: des Mensch.

Er liebt sai Weib über alles, aber er kann es nicht sagen. Er kriegt den Satz nicht über die Lippen. I lieb de. Oha, wie hört sich das an? – Nein, das nimmt sie ihm nicht ab. Er liebt sie nicht: Er moog se – er hot se gern – er hot se saumäßig gern – er moog se granadamäßig.

Heiße Liebe (eine schwäbische Love-Story)*

S Mariele, die Jengscht vom Becka,
ond dr Helm vom Nochbr-Flecka
send hälenga a Liebespaar,
mr woiß jo, so wieas friehr au war.
Se gangat obads oft mitnand
bis naus vors Dörfle, Hand in Hand.
Ganz naus am Grottabach entlank,
dort henda stoht ihr Liebesbank.
Do hockat se ond hent sich gern
ond iber ihne glitzrat d Stern.
Doch heit isch ausnahmsweise donkel,
koi Spur von Mond ond Sterngefonkel.
A bissle knutscht, en Arm nei gnomma,
abbr zu meh isch no net komma.
Se hockat do ond hebat s Hendle,
no goht r dichter no, des Mendle.
Sui wehrt sich glei, haut ihm auf d Fenger,
doch er probierts nomol, der Denger.
»Noi«, sagt se, »d Muadr sait,
des derfet bloß die Eheleit.«
Er bruddelt: »Will doch bloß mol gucka,
han di doch gern, grad zom vrdrucka.«
»Wa witt denn seh, s isch eh kuanacht.«
Er iberlegt ond seid no sacht:
»I han mei Feierzeig drbei,
wills bloß mol seh, nex Weiders mei.«
Se druckst a Weile rom ond nomm,
ond er spielt mit am Zender rom.
No sait se, »also, no isch Ruha«,
ond lässt des Onderfanga zua.
Er traut sich jetzt mit Hend, mit feuchten,
das untre Neuland zu beleuchten.
Lupfts Röckle, s Lichtle en dr Hand,
im unbekannten Damen-Gwand.
Er fuhrwerkt rom ond kommt net z Streich
im weiblichen Textilbereich.
Goht deshalb näher mit seim Licht,
griagt ronde Auga, a rauds Gsicht,
schreit los ond fuchtelt mit de Hend:
»Mariele, bronz, dei Hemmad brennt!«

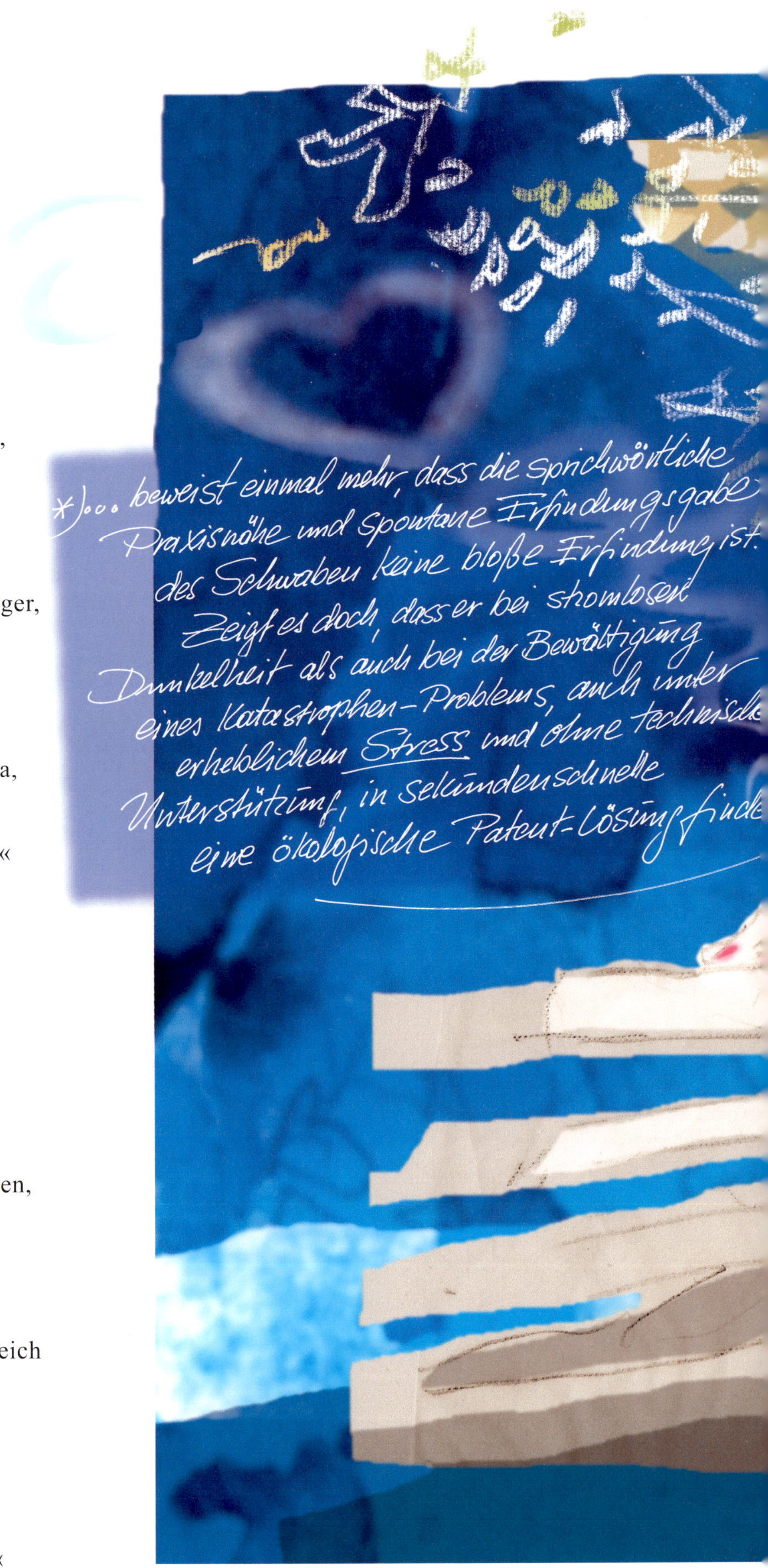

Die schwäbisch Pracht

Em Schwobaland isch d weiblich Pracht
sehr hoch entwickelt, Mo gib Acht.
I glaub, dass mir die schenschte hendt
von alla Mädla, wie i fend,
weil so viel schöne Weiblichkeit
ischt sonscht in keinem Land verbreitd.
So scheene Mädla, horchat her,
so gibts woandersch koine mehr.
Ond net bloß scheene Gsichtla nur,
es liegt au viel an der Figur.
Dui Scheeheit, des isch jo net älles,
es kommt no meh, grad drom vrzehl es.
De sauberschte, die beschte Mädla,
send et bloß schee, sie machat Flädla
ond gschabte Schbätzla zwischanai.
Wer ko des sonscht, fellt dir was ei?
Mann – scho wega dem allein,
lohnts, Schwabe und nicht Preuß zu sein.
Dia beschte Mädla, i kennt wetta,
dia fendtscht bei oos, woandersch edda.
Send fleißig, emsig, machet Knepfla
ond om ihr Kepfle blonde Zepfla.
Se strackat net, bis d Katza kräht,
em Nescht rom, weil no isches z schbät,
zom kehra ond zom d Putzet macha.
Witz hent se au, se kennet lacha.
Auf jeda Fall isch d Schwobamaid
fir Aug ond Gauma nur a Fraid.
Se send fascht älle zemlich schbarsam
ond nemmats Zaschter en Gewahrsam,
se hebets uff fir schlechte Zeita,
sonscht muascht em Alter Honger leida.
I dank am Herrgettle dort doba,
denn i gheer zu de reiche Schwoba,
weil mir isch glickt, i hann so oina,
i kann me en mein Sessel loina
ond woiß, ihr Manna, was ich schwätze,
manch andrer wäre froh, er hätt se.

De sauberschte, die beschte Mädla
sent et bloß schee, sie machat Flädla
ond schabat Spätzla zwischanai.
Mann, scho wega dem allein,
lohnt's Schwabe und nicht
Preuß zu sein!

Kirchgang

D Lina, s Eheweib vom Frieder,
goht jeda Sonndich emmer wieder
in d Kirch zur Andacht ond zom batscha,
weil henterher ko mr no ratscha.
Se isch a guats Weib ond verlässlich,
bloß hie ond da a weng vergesslich.
Bevor se goht, wird ällas gricht,
aufs Sonntagsmahl wird nicht verzichtd,
se kocht ond macht no des ond sell,
a Sauerkraut, des goht jo schnell.
S muaß au no ebbes guats drenei
a Stickle Rauchfloisch, des kennts sei.
Weil, schlag me zwölf, do wartd dr Frieder,
do hockt er sich zom Feschtmahl nieder.
Heit isch se bhäb mit ihrer Zeit,
weil d Glocka scho zur Kircha leidt.
Se hudelt rom, macht alles klar,
jetzt isch se fertig – wunderbar.
Sie duat da Schurz weg, nex wia los,
denn die Terminnot ischt jetzt groß.
Nemmts Sach ond rennt da Flecka nei,
s wird doch no langa, heidanei.

Ond vor dr Kirch, grad uf dr Staffel,
schtoht d Nochbere mit ihrer Raffel
ond sait zur Lina: »Wo witt no,
mit dem Stickle Rauchfloisch do?«
»Nochbere, mi trifft da Schlag,
du wirsch net glauba, wenn dr sag,
ens Sauerkraut, ja liebe Zeit,
do han is Gsangbuach einekeit.«

Liabr a Laus em Kraut
wia gar koi Floisch!

Kabuziner

Em schpäda Herbscht, November rom,
d Mathild, i glaub, s war en Maulbronn,
trifft onderwegs en Ordensmo,
er ghehrt de Kabuziner o.
Omd Kutta rom en Kälberschtrick,
d Kabutza henda rom em Gnick.
So sieht se ihn am Wegrand hocka,
bloß mit Sandala, ohne Socka.
Guckt ihm aufd Fiaß, recht oscheniert,
no frogt se ihn ganz entressiert:
»Worom hent ihr en eire Schlappa
koi Socka o, deant barfuaß dabba?
Ihr kenntat jo, s ko oin grad riara,
do em November d Fiaß vrfriera.
Hent Kabuzinr-Weiberleit,
zom Sockastricka scheints koi Zeit?«
Der Mönch schaut sie mit Nachsicht an
und spricht mit viel Verständnis dann:
»Wir dürfen keine Frauen haben,
wir haben andre Gottesgaben.«
D Mathilde isch ganz iberrascht,
no frogt se ihn ond glaubts et fascht:
»Wo kommet no, ja frommer Herr,
die jonge Kabuziner her?«

"Fraila Klara, kennet Sia sich no ebbes Scheeners vorstella als iber onser Hoimatlendle z wanderet ond Senga?"
"Ha no -- uff so a oh-astendige Frog antwort i erscht gar ett!"

dia Herra lompa

Doktor, Pfarrer, Apotheker, Richter, Lehrer sind im Schwabenland Respektspersonen.

Wir akzeptieren ihre autoritäre Wichtigkeit, wir vertrauen ihnen voll und ganz,
aber mir trauet ihne net ganz.
Sie sind Gschtudierte und wissen mehr als wir,
aber mir wissets besser.

Gemeinhin glaubt man, der Schwabe sei besonders obrigkeitshörig. Gefehlt, er respektiert die Obrigen und umgeht sie.
Dia braucht mr scho, aber zu sonscht nix.

Die beschte Hendl hend koin Wert..
Brodokoll: Der Gläger
Gustav Burr,
Landwirt und Gemeinde-
arbeider daselbst.
Zur Sache: 1 Ohr
Erschtens: nex bassiert.
Zweitens

So isch no au wiedr

Dr Burra Guschtl klagt vor Gricht
(dr Guschtl hälts für Bürgerspflicht)
gega da Helm, sein beschta Freind,
zurzeit nemme so guat vereint.
Dr Richter, ein erfahrner Mann,
fragt jetzo, wie die Gschicht begann.
Er soll den Vorgang jetzt vrzehla
ond Luga kenntr glei vrhehla.
Soll d Wohret saga, so wias war,
so sait der Richter, klipp ond klar.
Dr Guscht stoht no vors hohe Gricht
ond stottert langsam vor sei Gschicht.
»Dr Helm ond i, wie emmer sonscht
(dr Helm hot scho en reachta Donscht),
em Lamm, mir drengat ois oms ander,
no brengt rs Weltbild durchanander.
I bach em oina, wia sichs ghehrt,
weshalb er mir an d Gurgl fehrt.
Es war nichts Ernstes, euer Ehra,
des kann i do bei Gricht beschweera.
Mir sen so mittladrenn am Raufa
ond strackat do auf einem Haufa,
erscht ben i onda, no er oba,
er hot mr d ganz Visasch vrschoba.
A bissle Bluat an meinem Häs,
i han wohl denkt, was ischt au dees.
Em Spiegl no, am andra Dag,
Herr Rat, do trifft mi schier da Schlag.«

Er häb es jo scho mol vrzehlt,
do häb ihm glatt a Ohrlapp gfehlt.
Dr Helm hätt ihm, des sei net bschissa,
en sellra Nacht sei Ohr abbissa.

Dr Helm stoht uff, wirft sich en d Bruscht
ond macht sich frei von seinem Fruscht.
Das sei bassiert, nur im Effekt,
er häb die Absicht nicht bezweckt.
»Herr Richter«, saitr ohvrfrora,
»was kann denn i fir demm sei Ohra?
Betrachtet Sia mol d ander Seit,
was duat der, saget, liabe Leit,
was duat der nachts, do isch was faul,
mit seine Ohra en meim Maul?«

Wega m verdammta Alltagstrott —
isch s nemme so, so wia s sei sott.

Scheidong uff Schwäbisch

Dr Guscht ond Berta Kropf, die fromm,
bei dene hangt dr Frieda kromm.
Seit fuffzeah Johr sen se a Paar,
doch nemme so, wias frier mol war.
Weil der vrdammte Alldagsdreh
macht noo so guate Eha hee.
Alde hoißts jetzt, nemme Schatz,
aus Kätzla macht hald d Zeit a Katz.
Auf älle Fäll will sui sich trenna
vom Guscht. Jetzt hocktse doo, do henna.
Jetzt hockt se do, en ra Kanzlei,
der Anwalt frogt se, was denn sei.
»Se derfet mi et leida lau,
i muaß me dringend scheida lau.
Herr Adfakaat, Se miasst mrs glauba,
sonscht mach en hee, den Siach, den dauba.
Dem dreh i nomol d Gurgel rom,
so lebe nemme, desch mr z domm.«
»Aus welchem Grund wellt Sia sich scheida?«
»I ko en oifach nemme leida.«
Se kennt en gar nemme vrbutza,
der däd bloß bruddala ond trutza.
Friar sei des manchmol anders gwä.
»Gschieda wird, no wird mr seh.«
»Ja, liebe Frau, dort vor Gericht,
da gelten solche Gründe nicht.«
Koi leichter Fall fir den Jurischt,
weil d Berta Grond ond Wuat vrmischt.
»I scheem me schiergar vor de Leit,
Herr Rat, deescht d seelig Grausamkeit.«
Der Advokat braucht halt en Grond,
sonscht lauft die Sach vor Gricht net rond.
»Trinkt er denn viel, so alkoholisch?«
»Noi, bloß, wenns ihm pardu et wohl isch.
Der gohts ganz Johr en keine Beiz,
hockt bloß drhoim ond i hans Kreiz.«
»Zur Sache noch, ham Sie denn Kinder?«
»Z erscht Zwilleng, no da Helm ond Ginter.«
»Ich brauch halt a handfeschte Sach,
wenn ich Ihrm Mann a Anklag mach.«
Es sucht der Paragrafadreher,
er suacht en Grond, en Grond muss her.
»Duat er Sie wenigschtens ghörig vrschlaga?«
Noi, sait se, do kennt se sich et so beklaga.
Wia seis no mit ehliche Pflichta?
Mit so was kennt mr ihn vrnichta.
»Ist er denn in der Ehe treu?«
Ob do vielleicht was gwäsa sei.
Se stutzt ond guckt an Blaffo nuff.
Ond no, uff oimol kommt se druff:
Dui Berta strahlt uff äll vier Backa:
»Herr Ohwald, jo, do kenn mr n packa.
Dr Helmesle, mai jengschtr Bua,
isch et von ihm, dui Fall schnabbt zua!«

Dr liadrich Fuaß

En Auadorf, am Rand vom Flecka,
do schafft dr Hannes beim a Becka.
Muaß aus em Nescht scho zemlich bald,
wega de frische Wegga halt.
Seit Johr ond Dag hot er bei Nacht
des Fuier fir da Moischtr gmacht.
Dia schwere Mehlsäck ommebeigt
ond nia en Widerwilla zeigt.
Er isch drweilscht ens Alder komma,
en Buckel hottr scho, en gromma.
Au mit de Fiaß ischs nemme dees,
dr Lenke grad isch zemlich bees.
Seit Monet hot dr Hans Malleer
am lenka Haxa, zemlich schwer.
Beim Laufa ischs halt en Verdruss,
weil er mim Lenka gnappa muss.
Er hots mit Salb ond Schnaps probiert,
doch nichts hat seinen Fuß kuriert.
Hot au a Bende ommebonda,
aber mit nex a Leesong gfonda.
Hilft nex, er muaß halt doch zom Doktr.
Er duats net gern, aber jetzt hocktr
em Warteraum, et ganz alloi,
ond hebt sei Stelz end Stuba nei.
Scho nach ra Stond oder au zwei
derf er glei zu dem Dokter nei.
Dr Hannes zoigt em no sein Fuaß,
wozu er d Socka auszia muaß.
Dr Dokter guckt sich erscht den Mo
ond no den Fuaß a Weile o.
Er moint, des sei a klarer Fall,
Abnutzung gäb es überall.
Onds Alter sei halt kein Genuss.
»Das Alter nagt an deinem Fuß.«

Jetzt guckt dr Hans zom Doktr nuff,
oglaibich bruddelt er no druff:
»Ja, moinat Sia? – Do han i Zweifel,
Herr Oberarzt, ja, hols dr Deifel.
Mai andrer Fuaß, mi wonderts halt,
dr reachte, isch doch grad so ald.«

Uff oim Fuaß kosch et stau-
s isch jo uff zwoi
scho wacklich gnuag.

Gott hilf

A Handwerksmo mit gutem Ruf,
der hot a Stick mit Weistöck druff
em letschta Herbscht erblich erworba
grad von seim Ehne, der war gschtorba.
Jetz war des Stickle arg vrkomma,
scho lang hot nähmert Zeit sich gnomma,
zom sauber macha ond zom richta,
den wiaschta Wildwuchs zu vrnichta.
Dr Gotthilf hot no mit viel Fleiß
des Okraut rausdau, haufaweis.
Er hot sich weidag bloogt ond ghetzt,
hot au zwoi neie Maura gsetzt.
Manch Dropfa Schwoiß, manch Drepfle Moscht
hot ihn die harte Arbeit koscht.
Doch jetzt, guck no, ha jo, i siehs,
jetzt ischs des reinschte Paradies.
Er sitzt sell danna, frait sich dro,
no kommt von onda her en Mo.
Em schwarza Häs mit weißam Bäffle,
jetzt kennt rn, s isch dr Pfarrer Pfäffle.
Der nähert sich dem Garten Eden,
um mit dem Schaffensmann zu reden.
Er lobt das Werk und macht ihm Mut:
»Es lohnt sich schon, wenn man was tut.
Ein prächtig Stückchen Gottesau.«
(Dr Gotthilf denkt, ja, du mi au.)
»Was doch der Mensch so schaffen kann,
mit Herrgotts Hilfe, merk ich an!«
»Jaa«, schnauft dr Gotthilf, »frommer Herr,
schee wärs, bei Gott, wenns no so wär.
Hend Sias mol gseh samt Gras ond Stoi,
wos seller Herrgott noh alloi
omtrieba hot, bis do and Grenz?
Des war a Saustall, Eminenz.«

Der schafft wia Brounabutzer

Dr Neie

Em Goisadal, do bosslet Schwoba,
dia send recht oiga, reachte Globa.
Viel Obschtbeem standat auf ihrm Lendle,
draus wird des süffig Obschtlerbrendle.
Do wirkt dr Pfarrer Wilhelm Hoch,
den meegat se, der schwätzt ihr Sprooch.
Dr Pfarrer wird jetzt pensioniert,
a neier kommt, recht hochschtudiert.
Doch dem sei Gschwätz isch derart gschwolla,
der Predigt fehlat schwäbsche Bolla,
ond ebbes lauter sott se sei,
weil d Globa schlofet dronternei.
Weshalb dr alt Pfarr Hoch sich bsennt,
wia er des anders richta kennt.
No fellt em ei, ja, so kennts ganga,
mr sieht en noch dr Schnapsflasch langa,
no nemmtr sich den Neia her,
schenkt ei ond gibt em jetzt a Lehr:
»Ein Obstler dieser Qualität,
gibt deiner Rede ond Gebet
den nötgen Schwung mitsamt Elan.
Prost, Glaubensbruder! Jetzt stoß an.«
Dr Lehrleng huaschtets erschte Glas,
doch scho beim zwoita griagt er Spaß
an derra Kur, an dem Rezept,
weshalb er weitre nonder neppt.
Er spürt jetzt auch das »Hoch«-Gefühl.
Dr Hoch denkt, hoffentlich net z viel.
Jetzt wanktr nei, weil d Glocka leitet,
zu seinem Amt, gut vorbereitet.
Die Leidensgschicht trägt er heit vor
und dringt damit ins taubschte Ohr.
Dia Leit, dia horchat ond send baff,
was der jetzt ko, der neie Pfaff.
Was so a Fiersprooch wirka ko,
jetzt lauft die Predigt, do guck no.
Er predigt, schwätzt, au mit de Hend,
mit Nachdruck, Inbrunscht, bis zom End.
Dia Leit gant naus, grad wia begossa,
ond hälenga send Träna gflossa.
Des war a Predigt sapperlott,
a Predigt, rond, wia se sei sott.
Jetzt stolpert er end Sakrischtei,
do wartd dr Alt, lacht en sich nei.
Dr Jong will wissa, wias jetzt war,
dr Alt sait erscht mol: »Wuunderbar!
Hoscht schiergar koine Fehler gmacht,
rhetorisch gseah, a wahre Pracht.
A bissle sottscht no korrigiera,
no kosch de niemals meh blamiera.
Drei winzigkloine Fehlerla,
owichtig, s kommt jo et druff a.
Erscht mol – Handlungsort en derra Sach,
war Golgata, net Biberach.
B: Dr Heiland hennt se, dia Genossa,
gekreuziget ond net vrschossa.
Ond no, mei Freind, am End zom Troscht,
do sait mr Amen ond net Proscht!«

fahren auf des Menschen Sohn.]
1 Mos. 28, 12.
Das 2 Kapitel.
Erstes Wunder JEsu bey der Hochzeit zu Cana. Reinigung des Tempels am Osterfest. Vorhersagung von seiner Auferstehung.
(Evangelium am dritten Sonntage
Epiphaniä.)
1. Und am dritten Tage ward eine Hochzeit zu Cana in Galiläa; und die Mutter Jesu war da.
2. JEsus aber und seine Jünger wurden auch auf die Hochzeit geladen.
3. Und da es am Wein gebrach, spricht die Mutter JEsu zu ihm: Sie haben nicht Wein.
4. JEsus spricht zu ihr: Weib, was habe ich mit dir zu schaffen? Meine Stunde ist noch nicht gekommen.

Wenn d a Baar Schua hoscht
ond Oiner fehlt,
no hent älle boide koin Wert.

Dr Schuaschtr-Hannes

Dr Schuaschtr-Hannes isch a Mensch,
von dem no viel vrzehla kenntsch.
Flickt halt Sandala, Schuah ond Schlappa
ond näht auf d Schtiefel neie Kappa,
hot seiner Lebdag nia Maleer,
wenn no der graoße Duurscht et wär.
Manchs Pärle Schua hot er schee grichtet
ond nebaher da Wei vrnichtet.
Scho friea hot er a Freindschaft gschlossa
mit Viertala ond viel genossa.
Manchs Gläsle Wei rutscht Gurgel nonder,
weil erscht mit fenf, sechs wirdr monter.

De maischt Zeit hocktr selt em »Kruag«,
von Viertala griagt er et gnuag.
Er hockt am Ofa hentram Disch,
bis zwelfe ond älls schpäter isch.
No, hoimzua isch sei Weg net eba,
do muaßr sich am Glender heba.
So treibt rs scho seit Johr dagdäglich,
des isch aufd Dauer et verträglich.
Sei liabschtr Schpruch isch: Hoch die Tassa.
Ond des hot Schpura henterlassa.
Es kommt, wias kommt, dr Hans hots Gremma,
er moint, er sott a Pulver nemma
oder Tabletta, goht zom Dokter,
end Schprechstond nieber ond jetzt hocktr
vor dem gschtudierta Gsondheits-Mo.
Was der drgega macha ko?
Der hot em bloß en d Auga guckt
ond zwoimol uff sein Ranza druckt,
schielt iber d Brill ond sait grad raus:
»Mit Viertala ischs vorerscht aus.
Von denne hosch viel zviel vrdwischt,
so viel, dass zviel fird Gsondheit ischt.
Hehr liabr uff, sonscht wirsch bald seh,
i sag drs, sonscht ischd Leber hee.
Dei Leber isch total vrsoffa,
du kosch au uff koi neia hoffa.«
Er soll en bleiba lau, den Wei.
No fellt am Hannes ebbes ei:
»Dees macht nex, Herr Doktr«, saitr,
»no sauf e auf de Kuttla weiter.«

Wie schon gesagt, Bruddla ghört zu onsera Mundart. Nun gibt es die verschiedensten Nuancen der schwäbischen Bruddelei: Aber, wenn, hett mr, sott mr, kennt mr ...

Es kann etwas noch so gut, so schön sein, wir finden immer noch a Härle en dr Supp.

Bruddla ist also nicht gleich Kritisieren, um Himmels willen, nein. Mr sagt jo nix, mr schwätzt jo bloß.

Jetzt isch gnuag
Hai konda!

Hoch-Schwäbisch

Die schwäbisch Schbroch hot viel Fassetta,
dr oi vrschtohts, dr ander edda.
Weil Schwäbisch isch von Nescht zu Ort
vrschieda, manchmol bloß a Wort –
scho woiß a Schwob vom fremda Schwoba,
der kommt von donda, et von doba.
Doch ois, ihr Leit, goht mir et nei:
Was soll des fir a Mode sei,
wenn manche so genannte Schwoba
a Schwäbisch r-e-d-e-t, ganz gehoba?
Bei de Gschdudierte hehrt mrs meischt,
des ko koi Zoicha sei von Geischt.
Dia schwätzet immer nur geschwollen
ein Hochdeutsch, allerdings mit Bollen.
Ko des sei, weil wer schtudiert,
die hiesig Hoimatschbroch vrliert?
Dia saget glatt statt »häbat« »habet«,
statt »gudnobed«, »guta Abed«.
Wenn oiner sodde Klemmzieg macht,
zu dene sag e glei, gud Nacht.

Weil Hochdeitsch brengtr net ganz zemme
onds Schwäbisch willr sich vrklemma.
Am Dorfend lauft so oiner her,
er duat, als wenns was Bessers wär.
Wahrscheinlich kommtr aus dr Stadt,
mr siehts am Häs, an dr Grawatt.
Schtoht do em Weg rom, ondrem Dor,
no fehrt dr Karle om a Hoor
da Kerle om mim Unimog.
Ond jetzt horch her, der Dialog:
»Aha, mein Froind, Sie tun hoit Hoi haim?«
»Noi, omgedreht: I du hait Hai hoim!«

– A Schwob, wo halba hochdeitsch klengt,
isch wia a Fuurz, wo Liadla sengt.

Dr Zapper-Philipp

Wetterkart ond Tagesschau,
Werbespots miaßt au mol sei,
Landesschau ond Kabarett,
Reklame fir a Dampfklosett,
kocha mit am Johann Lafer,
– er brauchts halt, wia a Gaul da Hafer.
Zappa, zappa, zappa,
uff de Knepf romdabba.
Romzappt wie a Seeladibbl,
emmer naufdruckt auf da Nippl,
oimol nuff, no wieder nonder.
Was suchtr denn? Des achte Wonder?
Hieba kommt a Goischter-Krimmi,
dieba heilt dr Rocker-Dschimmy.
Em Erschta kommt auf ARD
en Film, do machet se oin heh.
Ond zwischadenna, au no schnell,
do glotztr nei ens RTL.
Em Kenderfunk: Italo-Weschtern
ond da Iberblick von geschtern.
Zappa, zappa, zappa,
uff de Knepf romdabba.
Ond isch amol a Werbepaus,
do gohtr schnell end Kiche naus,
fillt sein Homba bis zom Rand
mit am Zappr en dr Hand.
Jetzt noghockt – ond sogar dr Hond
mit eckte Auga, nemme rond,
glotzt au end eckat Glotze nei,
als wenns ebbes zom fressa sei.
Heit kommt des Endspiel, heidanei:
Er zappt sich schnell ens Gscheha nei.
Tookschau, Arabella, Meiser,
uff oimol wirds a bissle leiser.
Erscht flimmerts no, no garnex meh –
herrgotzack, jetzt ischr heh.
Koi Bild em Viereck, Ton fehlt au,
sei Welt wird schwarz, no katzagrau.
Er lauft em Viereck – s Viereck fehlt,
weils Fernseh ischs, was bei ihm zählt.
Em Dritta kommt dr VfB,
ond do bei mir ischs Fernseh heh.
Was du i jetz, was mach i bloß?
Jetzt hot rs, gibt seim Hirn en Stoß:
Des Händi her, am Notdienscht schella,
jetzt derf dr Hond au nemme bella.
Aufs Händi dabbt, die Nommer gwählt.
Jetzt kommts druff o, nur Tempo zählt.
A Weile hupts, no kommt da Kummer:
... Kein Anschluss unter dieser Nummer.
Er glaubts no net, jetzt hocktr do
ond glotzt aufs schwarze Viereck no.
Eigschperrt em Viereck seiner Welt,
wo om des Viereck elles fehlt.
Er woiß net, was er mit sich soll,
des Zappa fordert seinen Zoll.
Und die Moral von der Geschicht:
Das wahre Leben isch es nicht.
Wenns Leba seh willsch, muasch de rega,
statt d Fenger muasch da Arsch bewega.

Coca-Cola
s isch nemme des.
Deutschland
4 99730 03403 6

Heimweh

Dr Schorsch aus Weila bsuacht sein Freind
en Texas, weil dr sell hot gmoint,
er zahl ems Fahrgeld, wenn er komm
zu ihm ens reiche Texas nomm.
Sei Freind isch en de schlechte Zeita
ausgwanderet, zom d Not vrmeida.
Isch glandet en Amerika,
sait jetzt zom Schorsch: »Do, gucks mol a
mei Sach, wo i en denne Johr,
mei Riesa-Ränsch mit big Komfor,
dui Scheier, wie a Flugzeighalle,
dia hondert Geil siehsch no net alle,
wo i en denne Johr, s war leicht,
gschafft han, damit es lenger reicht.
Se guckat boide iebers Land,
dr Freind zoigt rengs rom mit dr Hand:
»It s oll mai own, bis henda nomm,
ganz om den ganza Buckel rom.
Zichtaused Hektar, wirklich wohr.«
(Am Schorsch kommts ibertrieba vor.)
»Send mendeschtens acht Tagesritt,
wenn du mei Land omreita witt.«
»Jo«, sait dr Schorsch, fallt ihm en d Red:
»Grad so en Gaul hend mir mol ghet.
Jetzt rutsch mr doch da Buckel nah
mit deim vrhonzt Amerika.«
Wo sendt dia sanfte Rebahiegl?
Dia Heisla aus de rote Ziegel?
Dia Gässla mit de Fachwerkheisla,
dia Fenschtrbenk mit ihre Streißla?
Dia Däla mit de Bloamawiesla?
Koi Bächle hairt mr abe riesla.
Dia Wäldla mit de gromme Wegla,
dia Bächla mit de morsche Stegla,
dia Gartazai aus Fichtabrettla
ond weiter rom dia kloine Städtla
mit ihre Märkt mit bunte Stend,
so schee, dass mr grad heila kennt.
Sei Hoimat fehlt em donderschlechtig.
Was nutzts, wenn ällas groß ond mächtig.
Hot Hoimweh noch dr Hoimet halt,
weil ihm sei Hoimet besser gfallt.
Ond weil ihm so sei Hoimet fehlt,
hot er ruckzuck den Heimweg gwählt.
Fehrt hoim, wo seine Wiege stand,
ens Heimatland, oh Heimatland.
»Mai liabr Schorsch, sei mir et bees,
au do drhoim, ischs nemme dees.
Denn da wo deine Wiege stand,
ischt Lidl oder Schlecker-Land.
Ond au am Eck, em alda Hirsch,
ischs Kebab dren, wiad wissa wirsch.
Dai Wiesle mit m Bach ond Stegle
isch jetzt a Monschter-Diskotekle.
Ond dort am Markt, du koschs jo seha,
ischt Pizza-Hut ond au Ikea.
Dai Schdraiobschtwies sen Parkplätz worda,
do standet Audo, ganze Horda.
Mai liabr Schorsch, jetzt siehscht du es,
es war einmal, s isch nemme dees.«
Und die Moral von der Geschicht:
Wenns einmal weg isch, siehsch dus nicht!
Do kosch no glotza, wia da witt,
Geld ond Konsom auf Schritt ond Tritt.
Ond mir, mir machat älle mit.

Feschtdäg

Hochzich, Dauf ond Moiadanz
ond des Fescht vom Liederkranz.
Volks-, Geburtsdags-, Kirbsa-Fescht,
s gibt kois, wod lengs liega lescht.
Frielingsfescht ond au Silweschter,
nex wia Feiara ond Feschter.
Wenn d Oläss ausgannt fir a Feier,
wird glanscht ond branscht, seis en ra Scheier.
Zur Not duats au a Oupen-Är,
mit Gwalt muaß halt a Feier her.
Von Ort zu Land send d Leit net gleich
ond dementsprechend au dia Breich.
En Köln feiret se Karneval,
en Wien danzt mr em Opernsaal.
Dort en Berlin, do rocket se,
dr Schwob mog liabr d Hocketse.
Ond irgendwo dort selt em Norda,
do gibts a paar ganz harte Sorta.
Dia feiret Leich en ihrem Leid
ond hent drbei ihr greeschte Freid.
Dia hent koi Piedäd em Ranza,
dr Schwob däd do gar nie nicht danza.
Doch jetzt zom Schwob ond seine Mucka,
den Sport ko er sich leicht vrdrucka.
Mir Schwoba feirat meh noch enna,
beim Feschta sott mr gruaba kenna
ond sachte dao mim Temprament,
weil es mit einem durchgau kennt.
Des zoigt zom Beispiel diese Gschicht,
desch nex firn Schwob, so mog ers nicht.
En Urach wars, vor etlich Wocha,
do hot dr Hans en Danz vrsprocha
ma Mädle aus dr groBa Stadt,
die wo so fiernehm gschprocha hat.
Sui ebbes rond, proportsionierlich,
dr Hans drgega eher zierlich.
Sia danzat wia dr Lomp am Stäcka,
no griagt am Hans sei Hemmad Flecka.

Des Maidle frogt mit Stadtmanieren:
»Oho, mein Herr, Sie transpirieren?«
»Ha, jo, mir lauft, Sia schbierets ja,
dr Transparent da Buggl na.«

Dr Schwob hots Feschta gern meh lässig,
Bewegung jo, aber ganz mäßig.
Er feiret meh so en sich nei,
s muaß et Jubel-Trubel sei.
S duats scho, wenns Viertel vor em stoht,
Vielleicht en Läberkäs, wenns goht.
drzua en frischa, gnetzta Wecka,
mog sei, a Pärle Beitschastäcka,
En Wai druff no, sonsch wirds so trucka,
des bloß amol zoms Fescht oschugga,
Weil jetzt kommts Temprament, des schwäbisch,
wennd Teller kleppret, wird r läbich.
Beim Schaffa friera, Essa schwitza,
der Schpruch ko keinem Dokter nitza.
Dr Schwob, an sich, wirkt ganz entkrampft,
wennd Mauldasch aus dr Schissel dampft.
Ond druff en Broota zu der Feier,
weil was mr gschenkt griagt, isch et deier.
Vielleicht jetzt no en Backstoikäs,
guat laifig ond a bissle räs.
Ond no, zom voll en Stemmong komma,
vom Hefezopf a Stickle gnomma.
Drnoch a Zigarr oder Stomba,
en Obschtler druff, zom nonderbomba.
Jetzt redet mir doch koiner ei,
dass so en Schwob arg maulfaul sei.
Dr Schwob speziell ond allgemein
ko hi ond da ganz luschtig sein.
Sei Frohsinn wird verinnerlicht,
weil hopsa, danza muaßr nicht.

Deshalb lesst er dia andre danza,
des schont da Kreislauf ond da Ranza.
Der kluge Schwob genießt und schweigt,
er loint sich zrick, isch iberzeigt,
dr Schwobahemmel, des isch gwieß,
isch grad so schee wias Paradies.
Ihr Leit, scho wega dem allei,
witt Schwob ond gar nex anders sei.

No deant halt feiara ond feschta,
wer emmer lacht, der lacht am beschta.
So Feschtla sottsch dr et vrklemma,
weil des helt Leib ond Seele zemma.
Jetzt gruabet schee, ganz oscheniert,
fir Leib ond Seele sorgt da Wirt.
Leibarzt ond Seelsorger en oim,
ond wemmr voll send, ga mr hoim.

Dr Ahna ihra Gärtle

A neie Mod ischt: Biogarta.
Mit Gras ond Okraut, Wildwuchs halt,
mit mährerloier Art-Abarta,
dia soll halt ogucka, wems gfallt.

Mir gfellt viel liabr so a Gärtle,
wias d Ahna gheed hod nebram Schopf.
Ihra herzigs Bauragärtle,
des goht mr garet aus em Kopf.

En Zau aus gromme Fichtalättla,
dr Ehne hot se selber gsägt.
A Deerle dro aus Oichabrettla,
do brauchts koin Garta-Architekt.

Koi Biotop mit Wassernebel.
Noi, bloß a Rägafass am Eck.
Koi Gartaschlauch mit bsondre Hebel,
a alde Giaßkann duats zom Zweck.

Des bissle Zeit grad vor em Melka
hot Ahna gnutzt ond Sooma gschtrait
fir Lewameil ond kloine Nelka
ond sich an ihrem Gärtle gfrait.

Mr hot se abgschafft, wegam Rasa,
wo d Leit zom Rasamäha brauchat.
Die maischte hent zwor koine Hasa,
dafir en Mäher, wo reacht rauchet.

Wenn i an so a Gärtle komm,
stand e lang, guck zom Pläsier
des Gärtle a ond lauf drom rom,
au wenn e noh so arg bressier.

So schee, dass du nex scheeners fendsch,
a farbigs Wonder zwischam Gmias.
Zom mola, wenn das mola kenntsch:
en Edelstoi, sell woiß e gwieß.

Am morscha Zaile aus de Lucka
blenzlat Wicka, älle Farba,
kosch de schiergar dro vrgucka,
Rengelbloama, ganze Garba.

Em Wend, do zittret fleißge Liesla,
ond käcke Ackerwenda gräbbslet
an de Bohnaschtanga nuff
en Rengala, wia schiergar dexlet.

Dort henda, selt en Busch, Zirenka,
ond Stangarosa neba dra
ond mittla denna dia Badenka,
am Weglesrand noh Veigala.

Selt nomm zom Nochbr, Treiblesbisch,
da Grondstoff fir des Treibles-Gsälz.
S isch manchs drbei au fir da Disch
Kamilla au ond was no älls.

En koira Landesgartaschau
siehscht so was Graoß em Kloina,
dort siehscht au s roschtich Häckle net,
am Gartadeerle loina.

Se sait, wenn d gfrogt hoscht, d Ahna,
obs et a arge Schenderei,
des Bucka ond dia Stoi?
»Ha noi, des bissle Okraut halt,
des ander waxt alloi.«

I sehs no, wia se danna gnuit,
on d Soomaguck drneba,
ond mit em Setzholz Roihla zuit,
als däd es jetzt erleba.

Gang mr weg mit Bloamaläda,
mit Fleurop ond sell Ikabana,
send hegschtens oder halb so schee
wias Bauragärtle von dr Ahna.

Dr alde Wenter

I muaß emmer wieder haira,
»s gibt koi Wenter meh wia friar«.
Ond? Wia waret se, dia Wenter?
Ond warom? Ja, wissats ihr?

Friar hoscht et verwartet bald,
des Warta auf da erschte Schnee,
auf d Flocka ond da weiße Wald,
auf Schleifatsa, uff gfraorne See.

Dicke Debbich auf de Treppla,
s Däle, d Hiegl woich ond weiß.
D Beem mit Kittala ond Käppla,
d Bäch ond Gomba voller Eis.

No hot mr schmale Wegla graimt,
bloß Däbberla zur Schual em Fleck
(ond hot da Ondericht versaimt),
vielleicht no ois, do nomm zom Beck.

Dr ganze Flecka war glasiert,
des hettat ihr mol seha solla,
s war ällas weiß on zuabitschiert,
bloß oba druff a paar Rossbolla.

Auf dr Gass hots gwuselet,
Kender, äll mit raode Nosa.
Auf Schlittschua semmer gfuselet,
en älle Weg on uff de Stroßa.

De Kloine hot mr Menner baut
aus Schnai mit Knepf aus Kohla.
Dr Oma ihren Besa klaut,
fir d Hiat Nachthäfa gschtohla.

Au Schleifatsa hots ettlich gä
von do bis nah zom Schreiner Fritz,
dia eltre Leit henns et gern gseh,
send oft druff ausgrutscht – heidablitz.

I moin grad, friar war dr Wenter,
wo i no kloi war ond viel jenger,
er wär bloß gmacht grad fir ons Kender,
au wenns ons gfraora hot and Fenger.

Dr kloine Fritz hebt d raode Hendla
onder d Ärm, druxt vor sich no:
»Dees genn i grad meira Muadr,
dass mes so an d Fenger zwickt;
dees hot se jetzt am End drvo,
weil sie mr koine Henschich strickt.«

Dussa hairt mr Weiber ruafa
noch de Kender: »Auf, jetz rai,
ihr waret lang gnuag auf de Kufa,
jetzt muaß au mol a Ende sei!«

Dr Froscht molt an de Fenschterscheiba
Eisbloama zwischas Fenschterkreiz,
mei Ehne schnitzt, zom d Zeit vertreiba
em Bua a Geile – Ärger geits:
Denn d Ahna bruddelt mit am Alda,
weil d Spee ihrn gschrubbta Stubaboda
vrsauet ond en älle Falta
von ihrem Schässloh einegroota.

Em Ofaloch, do brotzlat Biera,
mr schmeckts bis dort zom Ehne nomm.
Ond dussa dätsch da Arsch vrfriera,
ganz ohne Kapp om d Ohra rom.

Em Ofa krachet Buachascheidla,
en dr Gaslamp s Flemmle brennt,
om da Disch rom bosslat Leitla,
wo em Warma zfrieda send.

Hait kommad, mittla en dr Nacht,
Riesaschlepper, raimet Schnee.
Sie schtraiet Salz auf d weißa Pracht
ond machat d Wenter-Osicht hee.

Wenn is verzehl älls meine Enkel,
no guckat se me traurig o:
Wia mr en Wenter ohne Snowboard
mit so viel Schnee ertraga koo.

Friar hosch de auf dai Winda gfrait
ganz em Gegadoil
zu hait —

Koine Gwehnliche

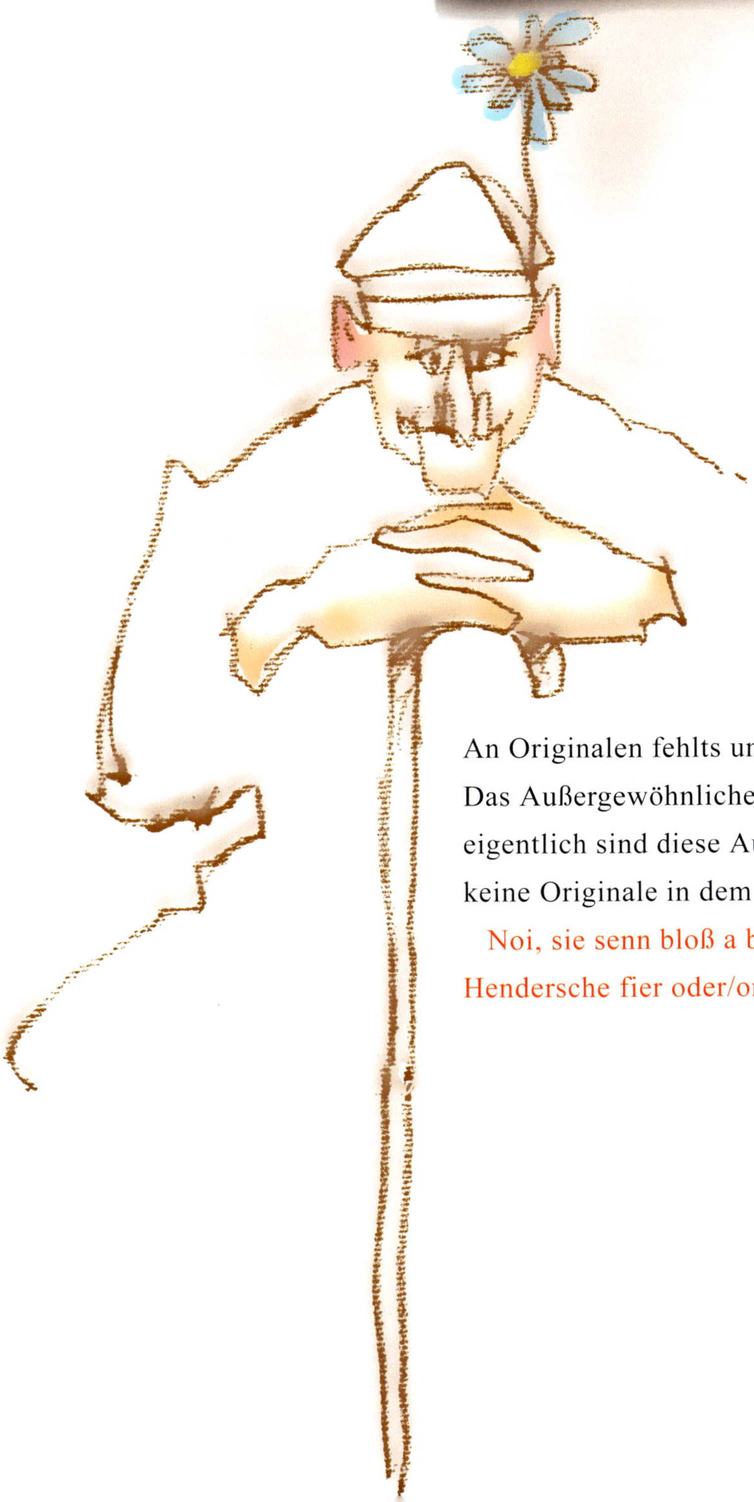

An Originalen fehlts uns im Schwabenland nicht. Das Außergewöhnliche ist fast die Regel. Aber eigentlich sind diese Außergewöhnlichen gar keine Originale in dem Sinn.

Noi, sie senn bloß a bissle iberzwerch. Hendersche fier oder/ond ganz schee gnitz.

Gsuacht et gfonda

Es schlurft dr Schorsch zur Krona raus,
loint sich and Kronawand,
goht wacklich nore, Haus om Haus,
stockvoll, bis nuff an Rand.

Kommt endlich an da Katza-Bronna,
dabbt dreimol rom, no leit r,
hot sich no anders bsonna
ond grabbelt onda weiter.

Uff oimol stoht dr Herr Schandarm
ond frogt, was er do suacht.
Dr Schorsch vrschrickt, dass Gott erbarm,
lallt: »Fuffzich Mark, vrfluacht.«

Der Bolezei, der suacht jetzt au,
s isch donkel, herrschaftsex,
hen älle boid ihr Meeglichschts dau,
doch fenda däan se nex.

No griagt der Bolezischt mit Recht en rechta Zora:
»Verdammt nomol mit diesem Schein,
wo hosch denn dean vrlora?«
»Ha noi, vrlora han i kein,
i suach, i suach halt dringend ein!«

Optische Täuschung

Dr alde Guscht dabbt durch da Flecka,
iber d Achsel hotr d Hau,
gschteibert uff sein Hasel-Stecka,
bleibt do ond selt a Weile stau.

Hockt sich aufs Roothausbenkle no
ond butzt sai dicke Brill,
macht älles halt, so guat r s ko,
s goht nemme, wia er will.

En Mo heert er jetz näher komma,
no stohtr vor em do;
doch ohne Brill, diffus, vrschwomma,
guckt er no nächer no.

»Ach du bischs,« sait r, »do hock no.
Von Weitem hot mes schiergar deicht,
du wärsch dai Tochtermo.
No nähers han e denkt: Vielleicht
bisch doch am End au du.
Jetzt do, wos ebbes heller ischt,
do han e koine Zweifel,
do seh i, dass d dai Vadder bischt.«
(Dui Brill, ja hols dr Deifel.)

guat heera du e schlecht –
aber schlecht seha dü e guat

Das Traumschiff

Se hockat do ond gucket Fern,
»das Traumschiff«, weil des sieht se gern.
So a Traumschiff-Urlaubs-Fahrt,
des wär so ganz nach ihrer Art.
Sui druckst a Weile rom ond sait,
»moinsch net, mir sottet ondr d Leit,
bevor mir do drhoim vrdommet,
s isch nemme lang, bisd Feria kommet.
A Rais auf dem Aida-Kreuzer«,
(dreht d Auga nuff ond duat en Seufzer).
Jetz hot r gnuag von dem Gemäcker,
zu was hend mir, bei Gott, da Necker?
Erscht brommtr bloß, rutscht rom ond nom,
no wird ihm des Geseusl z domm.
I kauf a Schiffle mir ond fahr
ond gibs em Bier aus, was i spar.
An derra Traumschiff-Wonder-Rais
ischs Höchschte sowieso dr Preis.
– Wie komm i jetzt an so en Nacha?
I ko en doch net selber macha.
S muaß ebbes sei, mit viel Komfor,
mit Fähnala ond mit Motor.
Er fendat ois, net mol so teier,
so mit ma Holzrad dra als Steier.
Wo mr kommod ganz oba sitzt –
er woiß et, dass mr oba schwitzt.
Er guckt sichs a ond guckt au nei
ond frogt den Mo, wos Tankloch sei,
wos Gas ond Brems ond dia PS
ond wo mr kochd ond wo mr essd.

Zwoi Bettla send au onder Deck,
s ischt älles do, zu jedem Zweck.
Am Schiffle isch grad älles dra,
was mr so braucht fir Weib ond Mo.
Dr Handel isch bald onder Dach
– so, ond jetzt ghört ihm des Sach.
Am Sonndich glei, wenn s Wetter basst,
so hot er den Entschluss gefasst,
gohts Weib ond er auf große Fahrt,
isch ganz en sei Idee vernarrt.
Dr Sonndich kommt ond er machts wohr,
er kauft a Kapp, wega de Hoor,
ond sui goht zom Friseer deswega
– Seeleit sens jetzt, woidag vrwega.
Stolz gandt se na ans Wasserstegle,
des wird a overgesslichs Dägle.

Sui guckt em zua ond richtet Sacha,
si hot au fir dui Großfahrt bacha.
A Kischtle Bier, a Fläschle Wei,
s muaß älles firnehm grichtet sei.
Was isch vorna, was isch henta,
wo muaß i denn des Soil nabenda?
Was du i jetz mit sellem Bendel?
Au mit em Weib griagt er schier Hendel
– ond mit dr Welt,
weil em halt dr Durchblick fehlt.
Er wurschtelt rom ond do ond dees,
verheddert sich, wird langsam bees.
Jetzt d Leine los ond naus zom Tempel
onds Nochbr-Boot griagt au en Rempel.
Er fuhrwerkt rom, langt noch dr Kapp
ond endlich legt des Bootle ab.

Des Schiffle gondelt sachte ane,
ond hendadomma flattert d Fahne.
Er kommt sich vor wie Störtebeker,
drweilscht isch er bloß uff em Necker.
Er guckt nach vorna, om sich rom
ond nemmts am Schicksal nemme gromm.
Vorna, hieba, dieba, henta,
rengs dromrom, do schwemmat Enta,
onds Wasser glitzert en dr Sonn,
do vorna sieht mr scho Heilbronn.
Jetzt wär a Bier guat fir da Durscht
ond au vielleicht a Rädle Wurscht.
So ein Hofbräu, so ein frisches;
langt en d Kühlbox – ja, wo isches? –,
gähnend leer, aber schee kühl.
Das Schicksal treibt mit ihm sein Spiel.

Die Lage ist sehr schlecht bestellt,
wenn nach wie vor der Durchblick fehlt.
Er ruaft seim Weib, sie meldt sich net.
Hockt se selt donda uffm Bett?
Uff oimol dämmrts: d Bierkischt, s Essa!
Des hot r samt em Weib vrgessa.
Drhoim em Hafa stoht die Dasch
mit Wein und Weib – leck mich am Arsch.
Omdreht iber Steuerbord
ond zrickdampft zu seim Ausgangsort,
fehrt zu seim Weib ond Bier ond Wurscht
ond löscht gehörig glei sein Durscht.
Hockt no zom Weib, sie isch a weng
verboosgat ond sie guckt recht streng.
No frogt r se: »Was hosch au denkt?«
Sui glaub: Er häb sei Hirn verrenkt!
Weil: »I stand do mit Korb ond Kachel,
ond du fährscht weg, du Allmachtsbachel.«
Er schmunzelt vor sich no, dr Kerle,
ja so muaß sei, mei Weib, die Perle.
No langt r nomm, holt no a Fläschle
ond sui zwoi Wecka aus em Däschle,
dinieret nobel, wia sichs ghert,
bis d Sonn da Horizont nafehrt.
Zu was isch sonscht dr Neckerstrand?
O Heimatland, o Heimatland.

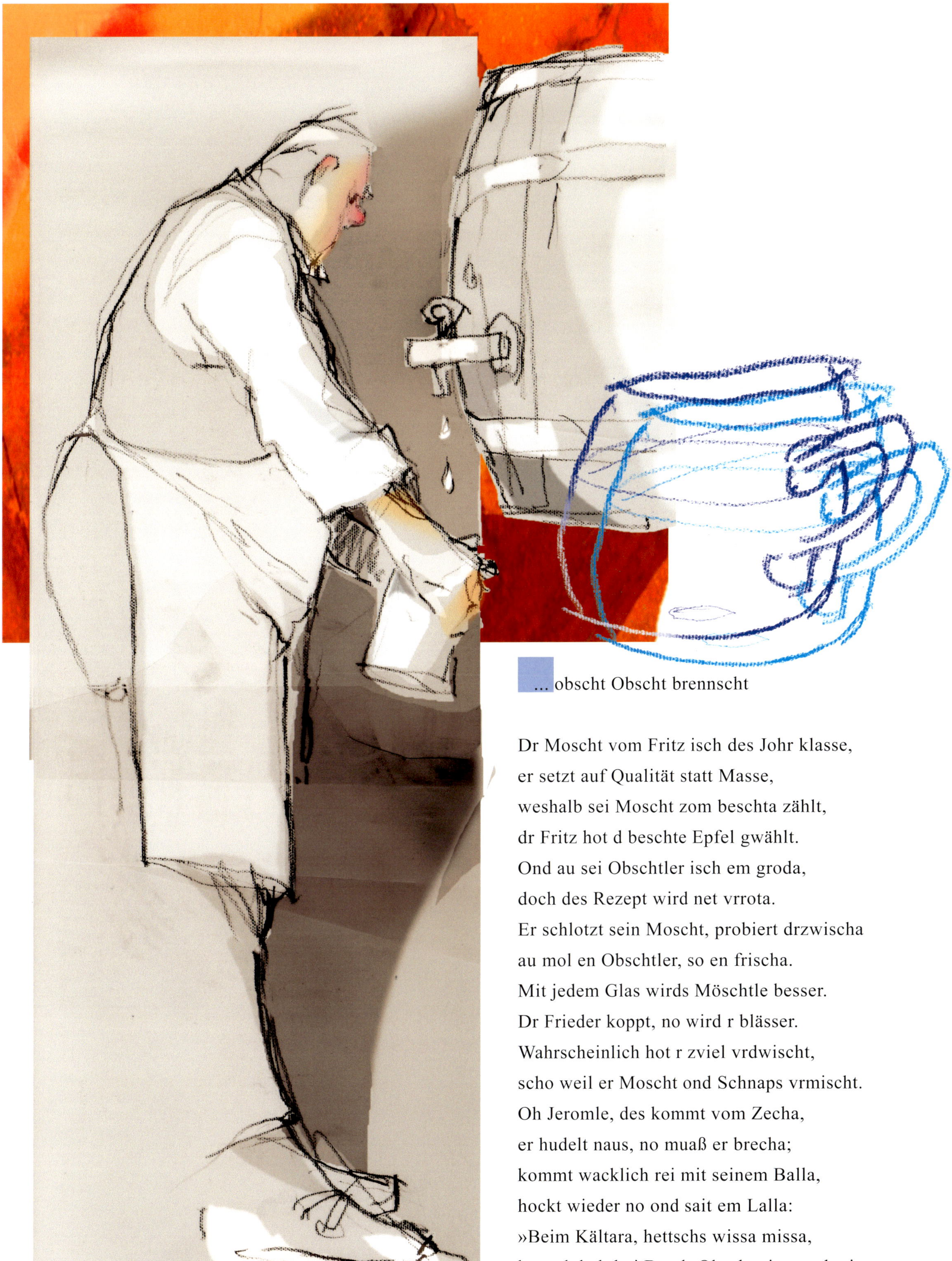

... obscht Obscht brennscht

Dr Moscht vom Fritz isch des Johr klasse,
er setzt auf Qualität statt Masse,
weshalb sei Moscht zom beschta zählt,
dr Fritz hot d beschte Epfel gwählt.
Ond au sei Obschtler isch em groda,
doch des Rezept wird net vrrota.
Er schlotzt sein Moscht, probiert drzwischa
au mol en Obschtler, so en frischa.
Mit jedem Glas wirds Möschtle besser.
Dr Frieder koppt, no wird r blässer.
Wahrscheinlich hot r zviel vrdwischt,
scho weil er Moscht ond Schnaps vrmischt.
Oh Jeromle, des kommt vom Zecha,
er hudelt naus, no muaß er brecha;
kommt wacklich rei mit seinem Balla,
hockt wieder no ond sait em Lalla:
»Beim Kältara, hettschs wissa missa,
hettsch halt koi Brech-Obscht eine gschmissa.«

S Tuppee

Dr Frieder mit de scheene Hoor
hot leider scho en jonge Johr
a Glatze griagt auf seinem Kopf.
Statt einem eigna Lockeschopf
hot er seither a Haar-Tuppee,
doch des woiß jetzt bald koiner meh.
Sei Stammdischfreind, dr Hans, dr lange,
ond er send heit em Lamm zugange;
Se sitzet zemlich lang scho do
ond schweiget sich anander o.
Ond so gibt halt oi Wort des ander,
se hent en scheena Donscht beinander.
Es gibt koin Senn, des ganze Gschwätz,
dr Wirt vom Lamm sait: »Schluss isch jetz.«

Stellt d Stiahl auf d Disch, macht d Schotta dicht
ond lescht em ganza Haus des Licht.
Se dorklat naus auf d Ausgangstreppa,
scho schtrackat se, dia Allmachtsdeppa.
Em Donkla hent se d Schtuf vrfehlt
ond liegat do, vom Wei beseelt.
Se schtierat rom mit ihre Hend
ond jeder suacht ond koiner fendt.
Dr Hans suacht d Brill, dr Frieder d Hoor,
dr Hans langt jetzt von onda vor
am Frieder auf sei blankes Haupt –
die Dunkelheit die Sicht ihm raubt.
No frogt r nieber, ganz beflissa:
»Friederle, hosch d Hos vrissa?«

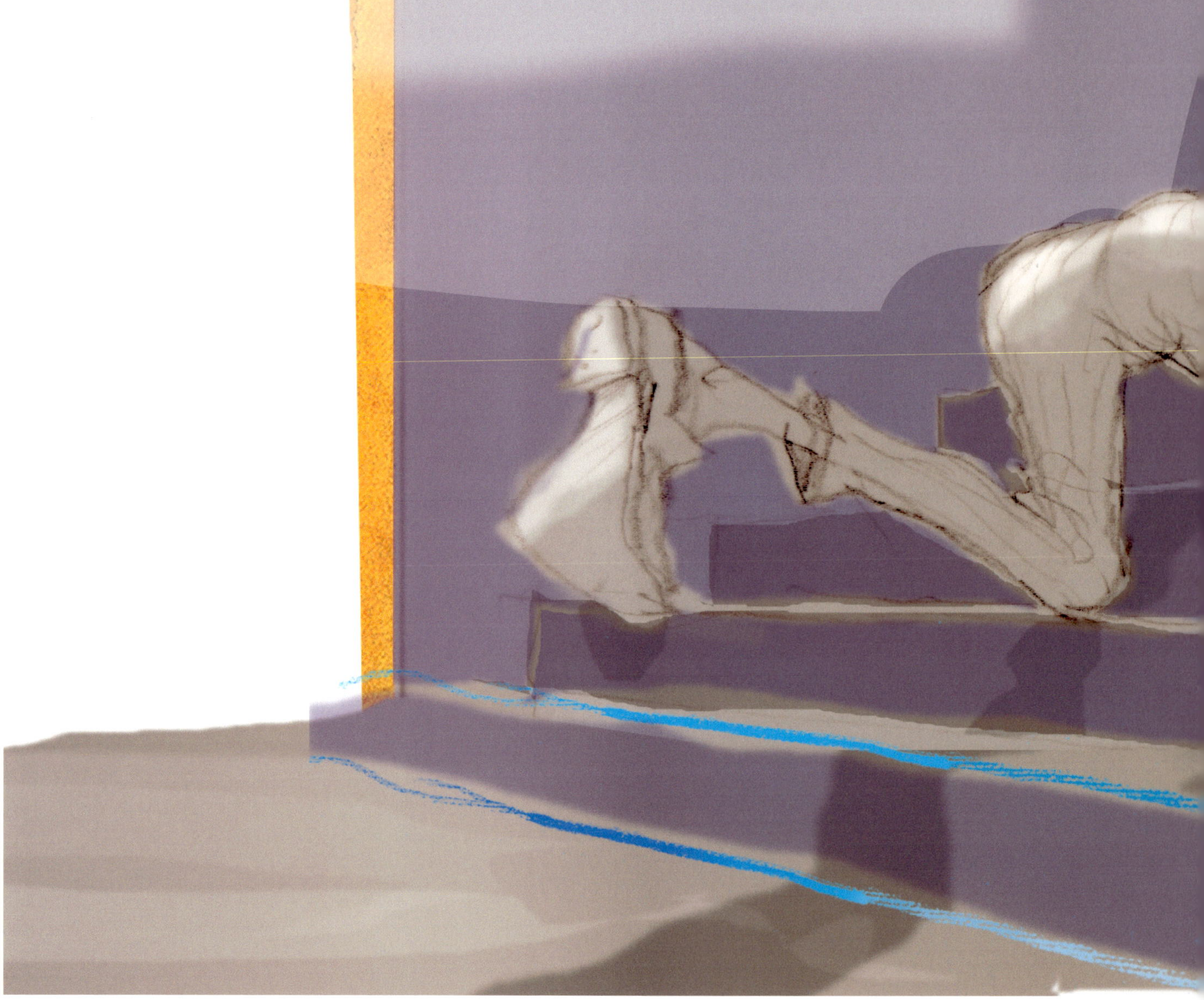

s Nohagla isch koi Konscht –
aber s Uffstau!

Reißmadeis

Die Zeit macht ons halt älle elder,
den oina friar, den andra belder.
Wenn mr end Johr kommt, wirds halt schwer,
do kriagt mr vielerloi Malleer.
Reißmadeis, dr Frieder hott es,
ouu, deescht a Glomb, a gottvrbottes.
Heit hockts em en de Glieder drenn,
dees hot r schau, seit i en kenn.
Dr Fritz gnabbt steif dr Flecka ra,
stoht ällamol a Weile noh,
schiabt d Kapp ens Gnick, gratzt an dr Nas,
schielt nauf an Hemmel – suacht r was?
Er goht noh weiter, a paar Schrittla,
noh hockt r noh auf d Benklesbrittla
vom alta Lamm, an Gardadisch;
mr sieht, dass er et zfrieda isch.
Er streckt jetzt d Fiaß, i hock drnäba
on will en treeschta: »So ischs Läba.
Mir wern halt alle nemme jenger,
i moin dai Rheuma wird et grenger.
Duasch nex drgega, sag mol Frieder,
gega dei Reißa en de Glieder?«
»Ha noi, des bhalt e grad.« Er murrt,
»damit e woiß, wias Wetter wurd.«

Die schwäbischsten der Schwaben sind die Schwaben-Kinder – zunächst –, bis man ihnen dann beim Schuleintritt versucht, Schriftdeutsch beizubringen:

»Herr Lährer, ich hab das Heft gewehr (quer) gelegt.«

Oder:

»Ich bin die Bienenstiege (Bühnentreppe) herabegehagelt.«

Ich hab mir, damals in meiner dornenreichen Schulzeit, das Hochdeutsche so angewehnt, ich kann es einfach nicht mehr lao.

Leit ond Kender

Mr siehts scho an so kloine Wesa,
wenn d gnau noguckschs, kosch usse lesa,
ob oiner gschickt isch mit em Maul,
wird der do fleißig, seller faul.
Dui hots et arg mim Norekomma,
ond sella wird amol koi Domma.
Siehsch, wia se schaffad mit de Hend,
isch klar scho, was se schbädr dent.
Dr kloine Schorsch schlurft grad daher,
wia wenns sei Ehne selber wär.
Des Annele, di Grott, die gnitz,
des wurd en reachta Wonderfitz.
Ond s Mariele, des kloine Luadr,
hot jetzt scho d Raffel von dr Muadr.
Des hen dia Kendr gerbt, i wett,
weil gschtohla hen ses älle net.
S hot jedas scho sei Aigaheit –
aus kloine Kendr werdat Leit.
Drei Käshoch an meim Gartaglendr,
se babblet wichtig, halt wia Kendr,
von Denger, dia se aufgschnappt hent,
als wenn ses besser wissa dent.
I horch ne zua von hendarom
ond hälenga guck i au nomm.
No heer i, wie se frogt, die oi,
ob oiner wießt, wia des au sei,
woher dia kloine Beebis send,
weil ihra Mamma griag a Kend.
»Hawa, wo kommat Kender her,
ganz klar, isch des vielleicht so schwer?
Na, ausm Sieda ond jetzt horch,
die brengt bei ons dr Glabbrstorch.«
No sait dr Übls Fritz, dr klei,
er glaub des net, des kennt et sei.
Er häb des gheert, er woiß es gwieß,
dia waxed dussa uff dr Wies.

No, sait die ander, deescht a Helle:
»Depp, die bschtellt mr doch bei Quelle.«
Noi, besser seis vom Neckermann,
do zahl mr bloß a Rate an.
S Traugöttle von dr Kupfergass,
stoht neba dro, bohrt en dr Nas,
en Riesa-Schlappa, au sei Hos,
fir d Zukunft plant, zwoi Nommra z groß,

bäfft zu ne nomm: »Bei oos wird gschbart,
do gibts koi Extra en der Art.
Mir gebet dofier garnex aus,
mir machats selber, grad wias Haus!«

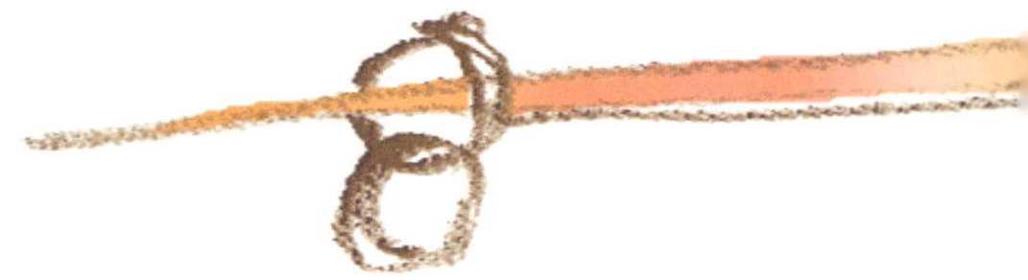

Alleinerziehend

Em ontra Stock isch Nochwuchs komma,
beim Fraila Kümmerlein.
S kloi Mariele hots wondergnomma,
weils Frailein lebt allein.

»Wia hot se denn des Kendle griagt?
Do brauch se doch en Mo.
Ond wenn ses au alloi uffziagt.
Wia des wohl ganga ko?«

Ond Mama stutzt, vrschrickt ond secht:
»Ha noi, mei Kend, jetzt horch,
des woisch du freile no net recht,
deesch so, des brengt dr Storch.«

Mitleidig guckt dui kloina Grott,
sait abr nex ond goht
schnurstracks zu ihrm Babba nomm,
vieleicht woiß der en Roht.

Sait leis zom Babba: »Horch,
des will mr garet naa,
dui Mama glaubt an Glapperstorch,
moinsch et, mr sotts ra saa.«

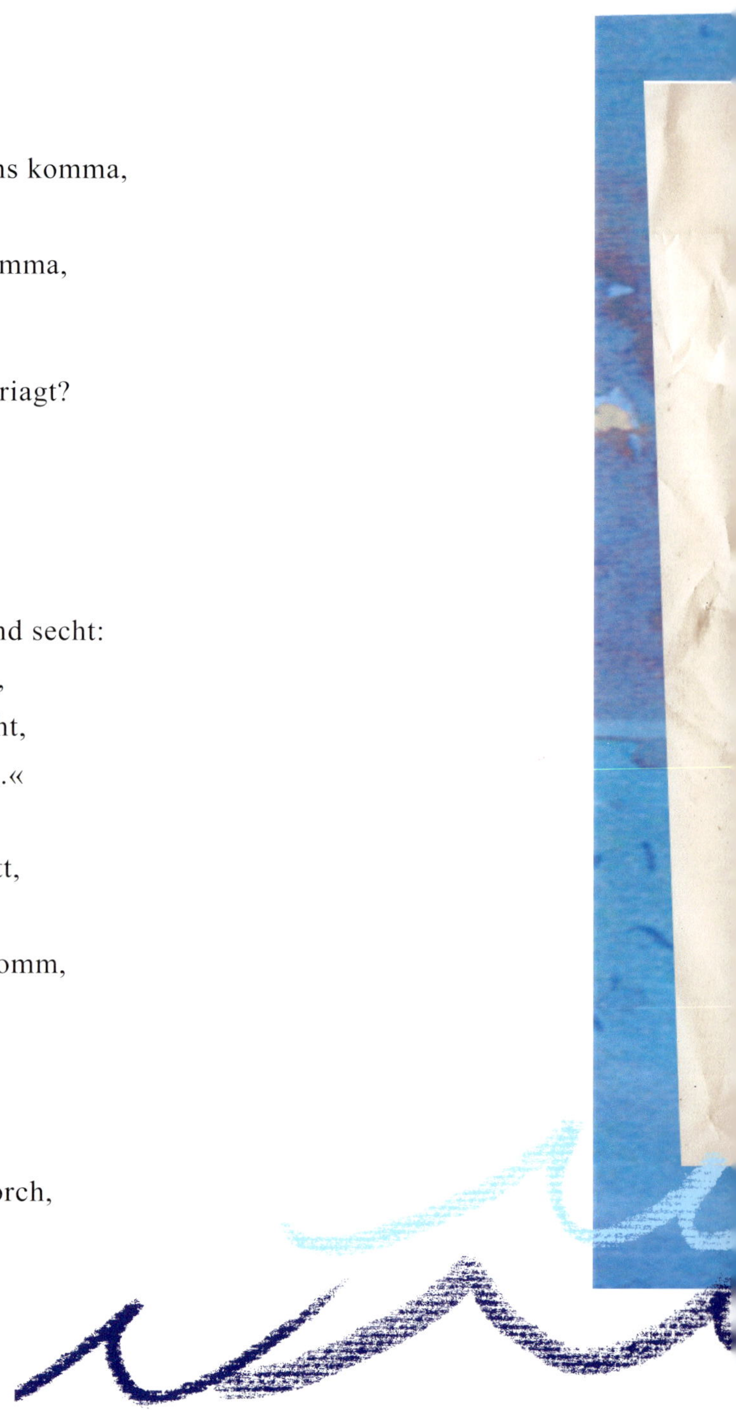

Warme Herzla

Des Luisle derf heit mit dr Mama
Weihnachtsguatsla bacha.
Ausstecher, Stern ond Herzla
ond lauter sodde Sacha.
S ganz Haus schmeckt scho noch Nussa,
noch Anis ond noch Zemmt,
oi Blech voll isch schau hussa,
isch hoiß, wenn mrs end Fenger nemmt.

Jetzt gloubt des Luisle d Herzla raus,
legts nandernoch uffd Seit
»Dia heng i an da Chrischtbaum no,
no fraiet sich dia Leit.«
On no suachts mit de kloine Hendla
ois raus, wos schenschte isch,
a Herzle, des isch no ganz warm,
legts sachte auf da Disch.
»Des dur i net an Chrischtbaum henga,
des hebe uff, fir mi alloi,
des will i maira Ahna brenga,

em Friedhof auf ihrn kalta Stoi.«

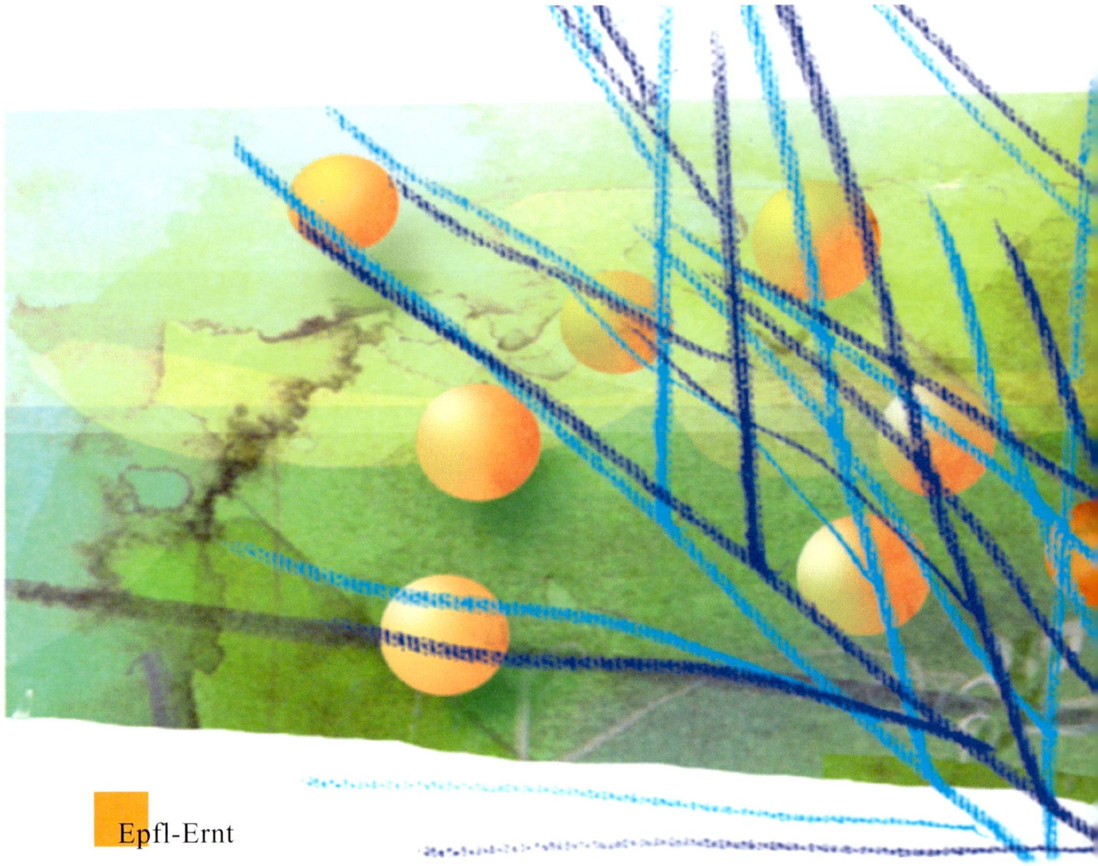

Epfl-Ernt

Dr Helmes ond sei Briaderle,
zwoi Buaba, wiad se witt.
Dr Kloine, des ischs Friederle,
der macht scho fleißig mit.

Em Pfarrer seine Goldparmeena
send reif, ja Herrschaftsechs.
Dia muaß ma dringend ronderdau,
dr Pfarr woiß aber nex.

Oin gotzga hent se abegfischt,
no hot mr se vrgschaicht.
Hent dodrom bloß dean oi vrdwischt,
der wo fir zwoi et raicht.

Dr Graoß beißt von dem Epfel ra,
em Kloi laufts Wasser zemma,
stoht vor da geizig Bruader no,
muaß d ganz Kurasche nemma.

»Jetz lass mi au mol beißa, heeh!
Sonscht hoscht bloß du da Nutza.«
»Jetz wart halt, bis e fertig bee,
no griagscht da ganze Butza.«

Oma hopf

Mir gfellts, wenn i älls Jonge seh,
wo d Alde reschbektieret
(i woiß, des solls fascht nemme gä)
ond iber d Stroß nom fieret.
Zwoi däbblat nebanander her,
en Bua mit seiner Ahna,
mr siehts dem Weib fellts Laufa schwer
mit Audo ond dem Stadtverkehr
ond deane Stroßabahna.
Mit Freid guck i des Biable o,
s hebt d Oma an de Hend,
fierts iber d Stroß and Kandel no,
des Weible isch fascht blend.
No sait der Bua: »Jetz, Oma, hupf.«
Ond d Oma macht en Hopfer,
stoht jetz auf sichrem Trottowar,
wird et zom Audo-Opfer.
I guck ne zua, dem seltna Paar,
no hehr i, wia der Tropf
äll Schritt, au do wos eba war,
zur Oma sait: »Jetz hopf.«
Des Weible duats, macht Sätz,
goht älls a Schrittle weiter,
onds Biable lacht – der Fetz.
I fend des garet heiter.
I nemm den Kerle glei am Ohr:
»Wa send denn dees fir Sacha?
Wia kommsch mr du denn vor?
Des derf mr doch et macha.«
»Ha no«, sait er, »misch de net ai,
deescht mai Sach, sei doch still.
Dui Oma, dui ghehrt mir alloi,
mai Oma lass e hopfa – grad wo ond wann i will.«

Der Schiller, der Hegel, der Mörike, der Uhland – was henn mr net älles fir große schwäbische Dichter ond Denker ghed.

Ond do komm i jetzt au no drher. I wart jetzt bloß no uff dr Nobelpreis.

viele Verse,
z.B. die Achillesverse
Und noch n Gedicht.

Homage an H. E.

Wenn mr, so nemma mir mol a,
en Buckl, haoch wiea daused Ma,
so uffanander beiga dät,
vorausgsetzt, dass des physisch geht.
Noi, saga mr, haoch bis zom Mond –
ja, so isch bessr, dass sichs lohnt.
Ond no en Sai, so graoß wieas Meer,
grad vor dem Berg dro – jetz horch her!
Der Buckl dät no ronderblotza,
dees dät fei schbritza, do kenntsch glotza.

(Bruno Ensslen, frei nach: siehe unten)

If all the seas were one sea,
what a great sea that would be!
And if all the trees were one tree,
what a great tree that would be!
And if all the axes were one axe,
what a great axe that would be!
And if all the men were one man,
what a great man he would be!
And if the great man took the great axe
and cut down the great tree
and let it fall into the great sea,
what a splish splash that would be!

(Englischer Kindervers)

Hätte man sämtliche Berge der ganzen Welt
zusammengetragen und aufeinander gestellt,
und wäre zu Füßen dieses Massivs
ein riesiges Meer, ein breites und tiefs,
und stürzte dann, unter Donnern und Blitzen,
der Berg in dieses Meer – na, das würde spritzen!

(Heinz Erhardt)

A Zebra uff dr Alb

Vrwandtabsuach aus Afrika,
a Zebra aus Namibia.
Genauer gsait: a Zebraweible
mit schwarze Stroifa uff em Leible.
Also, des Zebra, gschtroift schwarz-weiß,
kommt nauf auf d Alb auf seiner Rais.
Des Dierle trifft, frog mi net wie,
auf einen Hof mit zemlich Vieh
ond staunt, weil do Vrwandte send,
vrschiedne Sorta, wos net kennt.
Glei vorna danna, grad am Door,
sieht se so was mit schwarze Hoor.
Frogt glei den Kerle an dr Kette,
wa er do fir a Aufgab hätte.
»Jo«, sait der alte Hofhond no,
»i strack dr ganze Dag halt so
dohanna rom, denk philosophisch,
was en zea Johr wohl mit dem Hof isch.
Ansonschten bell i aus Langweil
ond bsenn me auf mein Altateil.«
Ha jo, denkt no des Ze-be-ra,
descht grad so wia en Afrika.
Glei druff sieht dui Zebranere
a Kua, die will se näher seh.
Dui glotzt se a, sui ebafalls
ond frogt, wa duasch no du so alls.
Des Rendviech iberlegt net weiter,
sait: »Guck halt nah ans Eiter.
Do liefer i, jetzt glaub mr dees,
äll Dag a Milch firn Backstoikäs.«
Ganz durmelich goht se no weiter,
ganz en Gedanka ibers Eiter.
No pfludret ihra grad vor d Huf
a Henn, dia gaxt: »Jetzt bass halt uff,
wo d nodabbsch, schiergar hettsch mei Oi
vrdabbt zu Omlett, heidanei.
I bloog me do ond produzier,
vrreiß drbei mei Fiedle schier,
a Konschtwerk, siehsch selt danna
ond d Leit, dia hauets no en d Pfanna.«
Ond somit woiß des Zebra jitzt,
zu was a Henn am Hof was nitzt.
A Schtickle weiter, uff dr Waid,
a Schof, wo uff ihr Frog no sait:
»Em Grond gnomma dua i halt grasa
ond sorg damit firn kurza Rasa.
I geb halt meine Wolleflocka
fir warme Henschich on fir Socka.«
Dui Gschtroifta kommt et raus vom Stauna,
no goht se nomm zom Hengscht, dem brauna,
ond frogt au den, jetzt zemlich käck,
zu wa er do sei, welchem Zweck?
Der Voll-Trakehner, stark ond jong,
der wiehert kurz, schläckt mit dr Zong,
sait: »Ziag halt dei Schlofoziegle ra,
no zoig dr scho, was i so ka.«

Das Loch

(Eine philosophische Betrachtung eines physikalischen Phänomens)

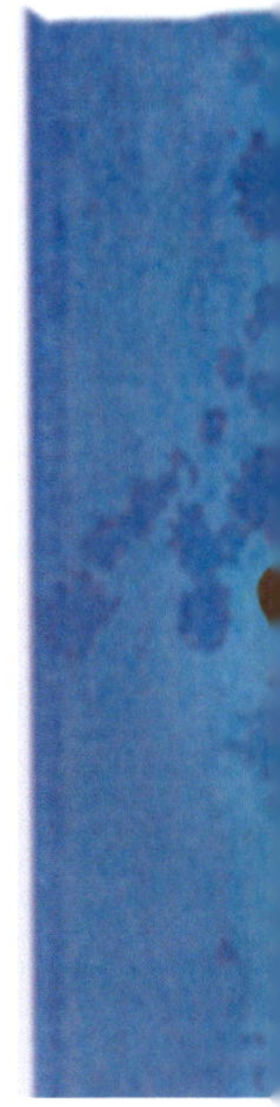

Das Loch, ein Ding wie selta ois,
wenn nex dromrom isch, isch es kois.
Weil des Dromrom isch lebenswichtig
firs Loch, sonsch isch es völlig nichtig.
Doch isch was rom, kos nitzlich sei,
denk an da Knopf, der gheert drenai.
Weil knepf amol, mei liabr Bua,
ganz ohne Loch dei Hoslad zua!
S gibt Lecher gnug auf dieser Welt,
s wär ohne Lecher schlecht bestellt.
S gibts en dr Nas ond en de Ohra,
weil ohne Loch, kenntsch do et bohra.
Durchs Schpondloch kommt da Wei ens Fass
ond wiedr raus, des edle Nass.
Was wär a Sieb ganz ohne Lecher,
s wär bloß a Hafa oder Becher.
Wend Socka stopfsch, so ischs no au,
wenns Loch fehlt, brauchs erscht gar et dau.
S gibt Däg, do kenntsch de grad vrrupfa,
am liebschta dädsch ens Loch nei schlupfa.
Ma braucht dia Lecher von jeher,
a Loch em Kopf scho we-ni-ger.
S Loch isch von Nutza, zweifelsohne,
net obedengt bei der Kanone.
Ond au vielleicht des Loch em Käs,
i glaub des gieng au ohne dees.
A Loch kosch graba, bohra, stopfa,
em Nosaloch kooschd Hoor rausropfa.
S gibt Varianta noch ond nöcher,
was däd mr au, ganz ohne Lecher?

Jetzt hot dr Mensch scho von Natur
so mittla denna, henda nur
ein solches Loch, koosch ruig saga,
die Endstation von seinem Maga.
Es gibt a Wort, a jedr kennts,
mit A fangts o, mit rschloch endts.
Dieses A wär, jo, i wett,
a Kataschtroph, wenn mr kois hett.
Doch manche hend do henderwärts
an diesem Teilstück was Vrkehrts.
Des A-Loch wär do ets Malleer,
wenn der, dems ghehrt, net au ois wär!
Grad sodde Lecher gibts halt au,
wa witt au do drgega dau?
I wießt a Mittl, ganz probant:
Da Schirm neigschteckt ond no uffgschbannt.

S gibt Lecher gnuag auf derra Welt,
no weiderbohrt, bis se verfällt.
Ond wo no koine Lecher send,
do mach mr welche mit dr Flent.
Du siehsch, s gibt nitzliche ond mende
au bei de Lecher, und am Ende
muascht auch mal du ens Loch hinab,
bloß sait mr zu dem Loch no Grab.

Do mecht mr naus,
wo koi Loch isch.

Fuffzich ond noh – na ond? *

Mei liabr Freind, i sag dr bloß,
wennd fuffzig bisch, no gohts erscht los.
Guck vorna nom ond et älls zrick,
heit brennat Lichtla, fuffzig Schtick.
Zehl se net, mach dir nex draus,
gang her ond blos se oifach aus.
Wo d jong warsch, warsch zwor ebbes jenger,
doch wennd recht alt wirsch, lebscht halt lenger.

Probiers halt aus, no wirsch glei seh,
mit fuffzig wird da Alltag schee.
Wennd fuffzig bisch, wirds langsam Zeit,
dass du was duasch, wos Läba fraid.
Jetzt derfsch du wella, friar hoscht missa,
mr hot de om dei Freiheit bschissa.
Ab heit saisch, steig mr doch end Dasch,
wenn net, no leckscht me halt am Asch.

Mai liabr Freind, i sag dr bloß,
mit fuffzig gohts erscht richtig los.
Am Arbeitsplatz ond au em Bett
duascht no a bissle – oder net.
Du koasch uff koin Fall was vrpassa,
wennd mogscht, no duaschs – sonscht bleiba lassa.
Probiers halt aus, no wirsch glei seh,
mit fuffzig wird dai Alltag schee.

Wo mancher Jong sei Kreiz vrrengt,
do muasch du nemme obedengt.
Jetzt derfscht au mol en Sessel loina,
d Frau brengt drs Bier, du hoscht jo oina.
Dui isch a edels Exemplar,
hosch Glick ghet, weil dia send recht rar.
Wenn se mol bruddlt, lass se halt,
no drehscht de rom, schbatziersch en Wald.
D Hoor waxet nemme, bloß da Ranza,
macht nex, du brauchsch jo nemme danza.
Wenn au dei Girtl enger wird,
nemmscht Hosaträger, oscheniert.
Au s Schuazuabenda – koi Problem.
Ziagscht Schlappa o, dia send bequem.
Wennd Zohweih hosch ond schbiersch a Reißa,
drenkscht halt en Wei, den brauchsch net beißa.
Den kosch au ohne Zohwei drenka,
des baut de uff, sottsch garett denka.
Ond noh ois: Dua dai Ronzla pflega
ond zoig se her, dr Scheeheit wega.
Mei liabr Freind, i sag drs joh,
mit fuffzg fangts Läba richtig o.
Probiers halt aus, no wirsch scho seh,
mit fuffzig wirds erscht richtig schee.

* Des sait dr oiner aus Erfahrong,
dia Fuffzich send a Offenbarong.

Schwäbische Kalenderblätter

Wenns dussa kalt ischt, denna warm,
wenn d schnatteresch, dass Gott erbarm,
ond Fiaß send eisig, älle zwoi,
ond Nos isch raot wias Oschteroi,
wenn d Tee drenkscht statt ma kalta Moscht.
Wend Hoimweh nach Mallorca hoscht,
ond Kohla werret langsam rar –
– ischs Januar.

Wenns weiter kalt ischt wie zuvor,
wenn d Wärme fehlt ond dr Humor,
wenn langsam steif send älle Glieder,
do wird dr Wender dir zuwider.
Wenn d Sonn kommt bloß sekondaweis
ond Audoscheiba send voll Eis
ond Kohla werret emmer rarer
– frierts weiter ond zwar Februarer.

Wenn d Meisla kommet aus de Löcher
ond Präamala gibts noch ond nöcher,
wenn d Vögala end Hoimet kommet,
dr Ehne uff em Benkle sonnet
ond Sonn scho ebbes haicher stoht,
dr Bursch oft zu seim Maidle goht
ond Hennaviecher juckts am Sterz
– no isch März.

Wenn da denkscht, sei Wendr gwä,
no hosch de discha, wirsch glei seh.
Dr Gartaschirm spannsch endlich uff,
du drehsch de rom, scho regnets druff.
Gohsch wieder naus ond holtscht n rei,
brengsch s Regafass, kommt Sonnaschei.
Wenns Wetter wettert, grad wia s will
– no isch April (April, April).

Wenn d Däg scho ebbes lenger daurat
ond d Schwalba hent ihr Neschtle gmauret,
dr Ehne s Reißa nemme schpiehrt
ond Bas ihr neis Koschtim ausfiehrt.
Wenn d Blämla blihat buschaweis
ond d Kender bettlat om a Eis.
Wenn d Wandrer dabbet iber d Felder
– dann isch es Mai ond koin Dag bälder.

Wenn mittlerweil scho Haiat war
onds Hai kommt trocka nei sogar,
weil d Sonna öfter scheint wie nicht,
dr Wetterfrosch ein Hoch verspricht,
wenns langsam en de Bäder wuslet
ond Kender wieder barfuaß fuaßlet.
Wenn mr sich uff da Urlaub freit
– ischs Juni, s isch au höchschte Zeit.

Dichtung und Wahrheit

Isch oiner, der a Spondloch richtet,
a Dichter, bloß weil er was dichtet,
guckt, dass dr Wei em Fass drenn bleibt?
Dr Dichter aber, wenn r schreibt,
des Fässle schlicklesweis entleert,
grad weil en Wei zom Dichta gheert.
Was isch a Dichtong und was nicht?
Ischs, wenn sichs reimt, schon ein Gedicht?

Wenns dichta duat onds reimt sich nicht,
ischs zwar a Dichtong, zemlich dicht,
doch ein Gedicht ischs deshalb nicht.
Gedicht ond Dichtong arg vrmengt,
i glaub, jetzt hann es Hirn vrrengt,
weil, wer viel dichtet, des kennt sei,
griagt manchmol z viel von sellem Wei.
I glaub jetzt hot mei Hirn a Lichtong,
so langsam fehlt mir au a Dichtong.

So kennt des Johr voll weiterganga,
s miaßt net grad mit Froscht afanga.
Jetz kennts so bleiba, garnet ohne,
so däd se bassa, d Klimazone.
Wenns net zu warm ond net zu kiahl,
wenns regalat, machts au net viel,
ond Feria basset au drennei
– so hot mrs gern, jetzt isch Julei.

Em Kialfach isches Bier soichwarm
ond en dr Stadt isch Smog-Alarm.
Wenn du stohsch uff dr Autoboh,
wenns nemme hoißer werra ko,
du stohscht em Stau ond wirsch kreizwild,
au d Cämpingplätz send iberfillt,
du hosch heit au scho dreimol duscht
– ja, wenn es so isch, ischs Auguscht.

Wenn d Sonn no scheint, fascht älle Däg,
onds Brechobscht lagert en de Steg,
wenn d Wirmla aus de Epfel gucket,
wenn d Kender en da Bach nei spuckat,
weils Wasser fehlt, isch halt arg trucka,
dr Fenschtersems liegt voller Mucka,
no wirds wohl ein Altweibersommer.
– September isch ond gar koi dommer.

Wenns farbig Laub sei Farb verliert,
wenns lommlich wird ond oscheniert
hinabesegelt, liegableibt,
dia Gartafreind zom Wahnsinn treibt,
wenn d Beem wia Besa strablich wendt,
no kommt dr warma Zeit ihr End.
Em Gläsle bitzelt neier Wei
– isch scho Oktober? Heidanei!

Dr Hemmel grau, ganz grauenhaft,
wenn d Sonn hot weder Saft noch Kraft.
Halt, stemmt jo net, weil Saft isch da,
bloß drialt r an de Heiser na.
Wenn d Sau onds Wetter en oim Wort stoht,
wenn selbscht dr Hond nemme gern fortgoht,
wenn d Nickleis en de Läda standet
– dann ischs November, grau omrandet.

Wenn d Leit romwuslet wia obrennt
ond ällas durchananander rennt,
wenn kauft wird wia zom jenschta Gricht,
am Tannakrenzle brennt a Licht
ond später zwoi ond no noh meh,
vielleicht gibts au a bissle Schnee,
wenn d Oma suacht da Chrischtbaumständer
– no ischs Dezember em Kalender.